ARTEMİS YAYINLARI, İSTANBUL

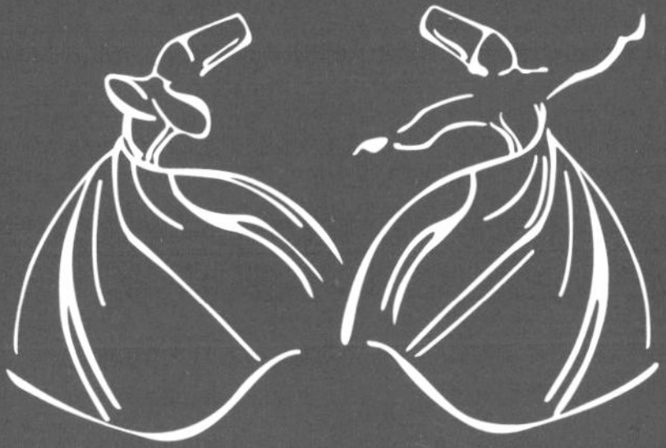

AB/424
ABG/189
AÇ/304
A/55

RÛMÎ'NİN BİLDİĞİ AŞK
Serdar Özkan

Genel Yayın Yönetmeni: Ilgın Sönmez

Editör: Yeliz Üslü - Elif Nihan Akbaş

Yaratıcı Yönetim: photoRepublic
Grafik: Karen Yardımlı - Murat Yıldırım

1. Basım: Ekim 2013
ISBN: 978 - 605 - 142 - 383 - 8
Sertifika No: 10905

Kitapta kullanılan dil, yazarın tercihleri doğrultusunda düzenlenmiştir.

ARTEMİS YAYINLARI
Ticarethane Sokak No: 53 Cağaloğlu/İstanbul
Tel: (212) 513 34 20-21 Faks: (212) 512 33 76
e-posta: editor@artemisyayinlari.com
www.artemisyayinlari.com

Baskı ve Cilt: Melisa Matbaacılık
Çiftehavuzlar Yolu Acar Sitesi No: 4 Bayrampaşa/İstanbul
Tel: (212) 674 97 23 Faks: (212) 674 97 29 Sertifika No: 12088

Genel Dağıtım: Alfa Basım Yayım Dağıtım Ltd. Şti.
Ticarethane sk. No:53 34410 Cağaloğlu/İstanbul
Tel: (212) 511 53 03 Faks: (212) 519 33 00

Artemis Yayınları, Alfa Yayın Grubu'nun tescilli markasıdır.

RÛMÎ'NİN BİLDİĞİ AŞK

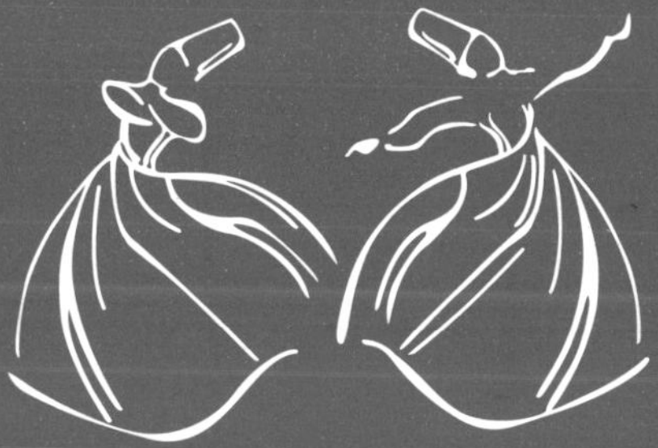

SERDAR ÖZKAN

ARTEMİS YAYINLARI, İSTANBUL

"Aşk dediğin Allah'a ulaştırmalı;
yoksa yerle bir olmalı."

MEVLÂNÂ

BİRİNCİ BÖLÜM

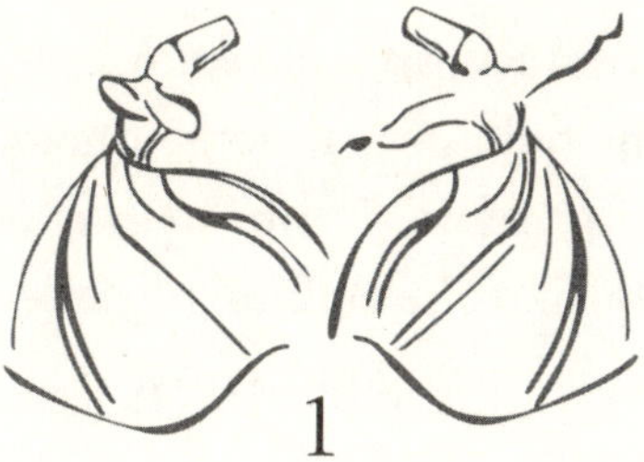

1

Adım Fabio. Sonbahar ve kışları İstanbul'da, bahar ve yazları Paros'ta geçiren İtalyan bir ressamım. Paros'taki o küçük dükkânda, ortasında aynadan bir kalp olan deniz resmi bana ait. Bunlar benim hakkımda ilk öğrendiklerindi, sevgili dostum.

İstanbul'da, evimde geçirdiğimiz birkaç saat ise sanırım benimle ilgili şunları anlattı sana. Neşeli, dost canlısı, hayat dolu bir insanım. Ayrıca, mükemmel kapuçino yaparım.

Bir de, kendini bana çok yakın hissettin sanırım. Yeni tanıştığımız, birlikte sadece birkaç saat geçirdiğimiz hâlde, kendini bana bu kadar yakın hissetmen ve bunu tüm açıklığıyla dile getirmen beni çok mutlu etti. Ayrılırken söylediklerini hiç unutmadım.

"Biliyor musun," demiştin, "biz hep birbirimizi tanıyorduk aslında, böyle hissediyorum. Bu dünyaya gelmeden önce de dosttuk. Bu dünyada tekrar karşılaşmamız için bunca yıl geçmesi gerekmiş. Ayrı düştüğümüz yıllar boyunca sana neler oldu, neler yaşadın, hayat serüvenin nasıldı, hiç bilmiyorum. Merak etmiyor değilim, ediyorum. Ve buradaki birkaç saatimizde bunların hiçbirini sana sorma şansım olmadı. Ama önemli değil, seni buldum ya, gerisi önemli değil. Bir gün mutlaka döneceğim, Fabio. Deniz kıyısına oturup kahvemizi yudumlayacağız birlikte. Ve yudumlarken de, birbirimize, ayrı kaldığımız dönemde yaşadığımız serüveni anlatacağız."

Ben ise şöyle cevap vermiştim:

"Elbette, Mathias, elbette."

Yalan söylemeyi bir türlü beceremem. İnandığımın dışında bir şey söylemeye kalksam, hemen yüzüm kızarır, sesim titrer. Ama bu kez, yalan söylemeyi becermeye, sesimi titretmemeye gayret ettim. Bilmem hatırlıyor musun? Kararlılık vardı ses tonumda. "Elbette, Mathias, elbette," derken gözlerimin içi gülüyordu.

Hatta işimi daha da sağlama almak, seni tekrar görüşebileceğimize inandırmak adına şöyle demiştim:

"Aşkın resmini mutlaka görmek isterim. Onu bir gün bana getirip göstereceksin, değil mi?"

"Bundan şüphen olmasın, Fabio, söz," demenden, yalanımın yeteri kadar inandırıcı olduğunu anlamış, rahatlamıştım. Böylece, hayatımda ilk kez bir yalanın iç huzuru getirdiğine şahit oluyordum.

Yalanım, tekrar görüşeceğimize inandığımı söylemekten ibaretti. İşin aslı ise söylemediğim gerçekte gizliydi. O gerçeği şimdi söyleyeceğim sana Mathias. Ama önce, o gerçeğin ne anlama geldiğini söylemek istiyorum. O gerçek, bir daha bu dünyada bir araya gelemeyeceğimiz anlamına geliyor.

Biliyorum ki, sırf ben istediğim için, İstanbul'daki

günlerinin geri kalanını, güllerle konuştuğunu söylediğin o hanımın otelinde geçireceksin. Sonrasında, bahsettiğin Efes seyahatini gerçekleştirecek, sevdiğin insanla buluşacaksın ve ardından birlikte ülkenize döneceksiniz. Tüm kalbimle inanıyorum ki, bir gün -söylediğin gibi- beni görmek üzere tekrar geleceksin İstanbul'a. Belki altı ay sonra, belki bir yıl, belki de iki.

"Kapım sana her zaman açık, yaşadığım sürece buradayım, beklerim," demiştim ya sana, işte bu söze güveneceksin. Bileceksin ki, İstanbul'da seni her zaman bekleyen dost canlısı bir ressam var. Evet, burada seni bekleyen bir ressam var. Ama sana söylediği sözde, o sırada haklı olarak gözünden kaçan iki kelimelik bir detay var. "Yaşadığım sürece."

İşte sevgili dostum, sana söylemediğim gerçek bununla ilgili. Söylediğim cümle o kadar da yanlış sayılmaz aslında. "Kapım sana her zaman açık" derken, bu en başta "Kalbimin kapısı sana her zaman açık" anlamına gelir, öyle değil mi?

"Beklerim" derken, kır saçlı, zayıf kemikli bir bedenden çok, bir kalbi, bir ruhu kastetmiş olabilirim pek tabii, değil mi?

Yine de, benden geriye seni bekleyen somut bir şey bulman iyi olur diye düşündüm. Sonuçta, geride bırakılan bir kucak dolusu sevgiyi ya da seni kapıda bekleyen bir ruhu görmek her zaman mümkün olmayabilir. İşte sevgili dostum, geride bırakacağım bu somut şey, sana şu anda yazdığım mektup olacak.

Mektup denemez buna aslında. Bir kitap. Sana anlatmak istediğim ama yüz yüze anlatma fırsatı bulamayacağım her şeyi içinde barındıran bir kitap. Daha önce hiç kitap yazmadım. Dolayısıyla nasıl olacağını, anlatacaklarımı nasıl anlatacağımı açıkçası bilemiyorum. Tek bildiğim, söylemek istediklerim.

Belki gün içinde yaşadıklarımdan bir şeyler paylaşırım seninle, bazen bir rüya, bazen kalbime dokunan bir hikâye, bazen de altmış beş yıldır iniş çıkışlarla sürdürdüğüm bu hayat serüveninden parçalar.

Dediğim gibi, anlatmak istediklerimi ne şekilde anlatacağımı bilemiyorum, ama benim hakkımda merak ettiğin, öğrenmek istediğin her şeyi bulacaksın bu kitapta.

Bu kitabı sana ulaştırabilecek birini tanıyorum. Kim olduğunu sonra söyleyeceğim, bu kitabı ondan alacaksın. Her ihtimale karşı, Paros'taki dostum Yorgo'ya da bir kopyasını göndereceğim. İnsanlık hâli, ne olacağı bilinmez, bu kitabı sana ulaştıracak kişiye bir şey olursa, Yorgo ulaştırır.

Evet, sevgili dostum, tahmin edebildiğin gibi, sana böyle bir kitap yazıyor olmamın tek sebebi var. Ölüyorum.

Ama merak etme, bu dünyadan ayrılacağım o gün gelene kadar, mükemmel kapuçinolar yapmaya devam edeceğim. Hatta belki de, her gün daha iyisini.

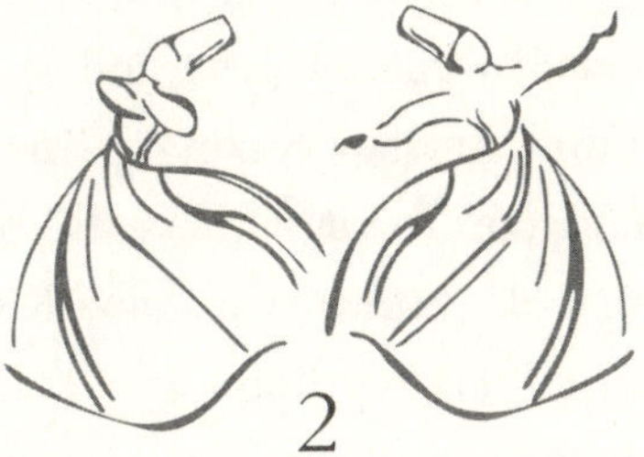

2

"Kanser metastaz yapmış," dedi doktor dört ay önce. Akciğerden başlayan kanser diğer organlara sıçramış. Normal şartlarda yedi sekiz aylık bir ömür öngördüğünü, yoğun radyoterapi ve kemoterapi tedavisiyle bu süreyi birkaç ay daha uzatabileceğimizi söyledi.

Ara sıra gelen öksürük krizleri ve nadiren ortaya çıkan göğüs ve uzuv ağrıları dışında, hâlen normal bir insan gibiyim. Henüz dışarıya yansıyan pek bir belirti yok ve dışarıdan bakan biri hasta olduğuma ihtimal vermez. O yüzden şimdilik kimse durumumu bilmiyor. Bir tek doktorum. Ondan da kimseye söylememesini istedim ve önerdiği kemoterapi tedavisini kibarca reddettim.

Birkaç ay daha fazla yaşamak uğruna hastane odalarında harcayacağım eforu, bu kitabı yazmaya harcarım daha iyi. Ve bu seçimimin hakkını vermeye kararlıyım. Kitabı bitirebilmek için gece gündüz yazacağım. Ama kendimi zorlayarak değil, keyifle yazacağım. Çünkü kitabım ancak böyle anlamlı olur. Keyifle yazılırsa. Bir kitabın -özellikle böyle bir kitabın- okuyanın kalbine ulaşması için sevgiyle yazılmış olması şarttır. Ve içinde sevgi olan her şey keyif verir. Sevgiyle yapılmış bir yemek gibi.

İşte, bu kitabı keyifle yazmak istememin sebebi, damarlarımda hayattan keyif almayı bilen Akdeniz kanı taşıyor olmamdan çok, bununla alakalı. Kitabımın sevgiyle yazıldığından emin olmak istediğim için.

Aynı sebepten ötürü, kalan son günlerimi de keyifle geçirmek istiyorum. Keyif, bir şezlongun üstüne uzanıp elinde bir kokteyl ile güneşlenmek değildir. Ya da bir yatın püfür püfür esen güvertesinde koy koy dolaşmak. Gerçek keyif, göğsünde genişlik, kalbinde sakinlik hissetmektir.

Herkes bu konuda farklı bir düşünceye sahip olabilir, ama benim hayat tecrübem bana gösterdi ki, benim kalbim ancak sevgiyle yatışıyor, hayattan ancak severken keyif alabiliyorum. O yüzden bu son günlerimde, hayatıma, içime, daha fazla, daha fazla sevgi katmak istiyorum. Umarım sana bırakacağım bu kitap bunun bir yansıması olur, sevgili dostum.

Bu arzumu gerçekleştirme yolunda ne kadar başarılı olabileceğim bilemiyorum ama, son günlerde civardaki esnaf yüzümün daha fazla güldüğünü, etrafa daha fazla neşe saçtığımı söylüyor. Bu da beni bir hayli sevindiriyor.

Şimdilik durum böyle. Ama hastalığım ağırlaşınca, ağrılar başlayınca, yatağa düşünce ne olur bilemiyorum. İşte o yüzden bu günlerin, saatlerin, dakikaların, hatta saniyelerin bile kıymetini iyi bilmeliyim. Her an sevgiye niyet etmeli, kalemimden çıkan kelimelerin, benden değil, sevgiden çıkması için Tanrı'ya yalvarmalıyım. Bunu tüm kalbimle umuyorum.

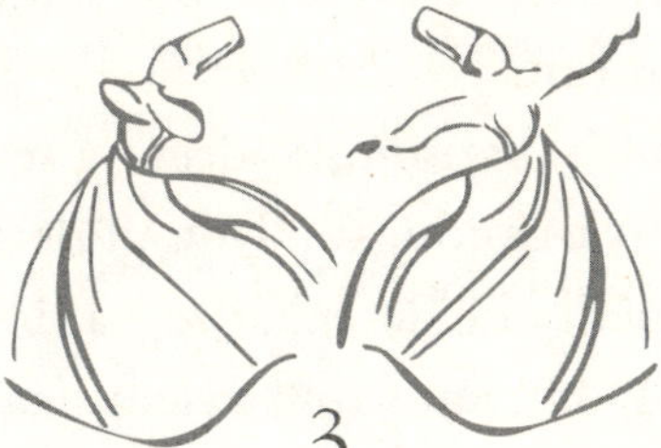

3

Neden böyle bir şeye karar verdim? Neden yazıyorum bu kitabı? Ve neden sana yazmaya karar verdim?

Öncelikle şunu belirteyim, bu kitap fikri sen geldikten sonra düştü içime. Dolayısıyla bu kitap, bu dünyadan giderken arkamda bir şeyler bırakayım düşüncesiyle yazılan bir kitap değil. Hususi olarak sana yazılan bir kitap. Mektup şeklinde olması da bu yüzden zaten.

Belki insanlar öldüklerinde geride bir şeyler bırakmış olmak isteyebilirler. Benim böyle bir düşüncem yok. Eskiden olmuş olabilir belki, ama olmuşsa da, hatırlamayacağım kadar geçmişte kaldı.

Hayat serüvenim, bugüne kadar yaşadıklarım, bana şunu öğretti. Bu dünyada geriye bıraktığın en değerli, en kutsal, en kalıcı şey, sevgiyle yaşanmış bir hayattır. O hayatın, evrenin kalbine bıraktığı enerjidir.

Çok uzun yıllar önce, anneannemi kaybettiğimde anlamıştım bunu. Hayatı boyunca sevgi vermişti çocuklarına, torunlarına, komşularına, çevresindeki herkese. Onun sayesinde yoğun, karşılıksız, diri bir sevgiyle daha çocuk yaştayken tanışmıştım.

Kalbime işlemişti, kazınmıştı âdeta bu sevgi. Çünkü tanık olmuştum. Sevgi yaşıyordu, canlıydı, gözlerimin önündeydi. Sevgi ya da sevmek, okulda anlatılan ya da anne-babamızın bize tembih ettiği bir şey ya da eylem değildi. Yaşayan bir şeydi. Ve onu görmek, onu tanımak isteyenin anneanneme bakması yeterliydi.

Bir sonraki bölümde, sana onun sevgisinden biraz bahsedebilmeyi ümit ediyorum. Çünkü hayat serüvenimin sonraki yıllarında yaşadıklarımın daha anlam kazanabilmesi için, o küçük çocuğun tanık olduğu, hayatının ilk yıllarında kalbine kazınan, ama sonra büyürken kaybettiği o şeyi biraz daha açmam gerekiyor.

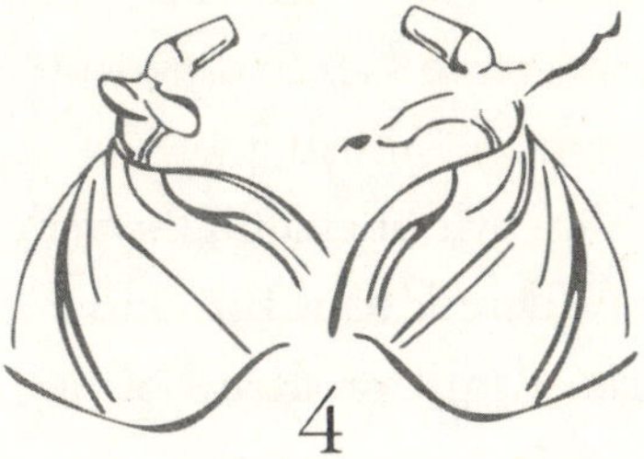

4

Toplumda tanınan biri değildi anneannem. Komşuları, yaşadığı küçük sahil kasabasındaki kısıtlı çevresi onu tanır, severdi. Ama toplumda sivrilmiş biri değildi. Bu dünyadan ayrılırken, geride insanların parmakla göstereceği bir şey bırakmamıştı. Bir buluş yapmamıştı, kitap yazmamıştı, şirketler, üniversiteler kurmamıştı. Seksen altı yıllık ömrünün sonunda geriye bıraktığı ne görünür bir eser vardı ne de kayda değer bir miras. Geriye sadece, çocuklarına ve torunlarına yuva olması için yaptırdığı deniz kıyısındaki o küçük evi bırakmıştı.

İşte ben yazları o evde büyüdüm. Bir evden çok, anneannemin bize sevgisini sunduğu bir mabetti orası. Kışları Bologna'da geçirirdik. Okul tatile girer girmez, annemle birlikte, Positano kıyılarındaki o küçük eve koşardık.

Bu kitaptaki amacım, seni o günlere götürmek, hayatımı çocukluk günlerinden başlayarak anlatmak değil, sevgili dostum. Onun için çocukluk günlerimi ya da o günlere ait detayları anlatmak yerine, sadece şunu söylemekle yetineceğim. O evde yaşananlar, ileride hayatımı değiştirecekti.

O evde yaşananlar derken, yaşadığım olayları kastetmiyorum. Sadece ve sadece anneannemi kastediyorum. Onun sevgisini.

Hayatı ve insanları öyle büyük bir kuvvetle seviyordu ki, aile içinde, "Komando" derdik ona. Biz, annem, dayım, yengem, kuzenlerim, arzusu, derdi, problemi bitmeyen bir orduyduk ve o, bu orduya karşı bir sevgi savaşı veriyordu. Bir an bile şikâyet etmeden, bir an bile yorulduğunu belli etmeden.

Savaşı o kazandı, Mathias. Tek silahı sevgiydi ve o silahla bizim bütün silahlarımızı etkisiz hâle getirdi. Ve bu savaşı kazanırken, bize sadece mutluluk verdi.

İşte şimdi, az önce yazdığım satırlardaki o koca yalanı yakalamış olmalısın. Geriye bıraktığı görünen bir eser yok demiştim. Vardı. O eser, hayatıydı. Ve görünen, elle tutulan, her şeyden daha gerçekti.

Kitap da yazmamıştı, demiştim. İşte bir yalan daha. Seni temin ederim, sevgili dostum, anneannemin torunu olmamış olsaydım, elinde tuttuğun bu kitap yazılamazdı. Bu kitapta işe yaramayan her şey bana ait. Ama onda, kalbine iyi gelen, kalbini yatıştıran bir koku alırsan, bil ki o koku, hiç kitap yazmamış birine ait. Dolayısıyla bu kitap da.

5

Anneannem bu dünyadan ayrılalı otuz yıldan fazla oldu. Ve ben onu bir gün bile unutmadım. Hayatın kargaşasında, koşuşturmacasında, en problemli günlerimde dahi, bir gün bile aklımdan çıkmadı. İşte bu yüzden, böyle söylüyorum. Bu dünyada geriye bıraktığın en değerli ve en kalıcı şey, sevgiyle yaşanan bir hayatın evrenin kalbine bıraktığı enerjidir.

Ben hâlâ o enerjiden, anneannemin yaşadığı o hayattan besleniyorum. Ve onu pek fazla kimse tanımamış olsa da, bu dünyaya öyle bir iz bıraktı ki, bu iz sonsuza kadar silinmeyecek.

İşte sevgili dostum, geriye bir şey bırakmak isteseydim, bu bir kitap değil, böyle bir iz olurdu. Belki görünmeyen, ama görünen her şeyden daha gerçek bir iz. Sevgiyle yaşanan bir hayattan daha güzel kitap olabilir mi?

Farkında olalım olmayalım, hepimiz bir kitap yazıyoruz aslında. Kitabımız, yaşadığımız hayat. Yaşadığımız her gün, bir sayfa. Hayatımızdaki her dönemeç, bir bölüm. Ve bu kitabı her gün, hiç durmadan yazıyoruz.

Peki hayatımızın sonuna geldiğimizde, yani kitabımız bittiğinde, nasıl bir kitap olacak bu? Okuyanların kalplerine dokunacak mı? İnsanların içine yaşama sevinci, mutluluk, neşe dolduracak mı? Yoksa daha önce milyonlarca kez yazılmış, sıradan bir kitap mı olacak? İçinde bencillik, kıskançlık, çekememezlik, kibir, yalan, aldatma mı olacak? Yoksa sevgi, merhamet, sabır, dürüstlük, cömertlik, sadakat ve hoşgörü mü?

İstesek de istemesek de, bu kitabı yazıyoruz, yazmama şansımız yok. Ve son noktayı koyduktan sonra kitabımızı bir daha revize etme, yeni bölümler ekleme şansımız yok. O hâlde, yeteri kadar önemsiyor muyuz nasıl bir kitap yazdığımızı? İnsanlık kütüphanesinin raflarına nasıl bir kitap bıraktığımızı umursuyor muyuz?

Bence umursamamız gerek. Çünkü o kitap, biz okunmadığını düşünsek de, okunuyor. Anneannemin, yaşarken böyle bir kitap yazdığını bildiğini düşünmüyorum, bilse bile, onu okuyanlar olacağını düşündüğünü zannetmiyorum.

Ama anneannemin kitabı okundu, Mathias. Kitabındaki hikâye kalbime dokundu. Ve kalbim onun kitabını okuduğu içindir ki, ben şu anda, ölürken bile, sevgilisine koşan bir genç kızın neşesine sahibim.

6

Sanırım böylece, sana bu kitabı yazma sebebimin geriye bir şeyler bırakma arzusu olmadığını ifade edebilmiş oldum, sevgili dostum. Neden yazdığıma ve neden sana yazdığıma gelince...

Sana bu kitabı yazıyorum çünkü seninle yollarımız iki yerde, ancak Tanrı'ya ait bir planın parçası olabilecek şekilde kesişiyor. Birincisi aramızdaki hayret verici benzerlik, ikincisi ise daha da şaşırtıcı.

Henüz yeni tanıştığımızı ve aramızdaki benzerliğin boyutlarını nasıl anladığımı düşünebilirsin. Aramızdaki benzerlik ressam oluşumuzla ya da kişiliğimizin detaylarıyla ilgili değil. Hayata bakışımızla ve bu bakışın bedenlerimizi sürüklediği yerle ilgili.

Daha açık ifade edeyim. Senin yaşlarındayken aynı his, aynı ateş düşmüştü içime. Kendimi tanıma arzusu. Kendimi ve hayatı anlamak istiyordum. Bir de, aynı senin gibi, aşkı. Hayata bu gözle bakıyordum. Kendimin ve hayatın özüne yapılacak bir yolculuktu benim için hayat.

Ve biliyordum ki, aradığım, ihtiyacım olan her şey, bulunduğum yerdeydi. Ben neredeysem, aradığım da oradaydı. Kendimde.

Okuduğum kitaplar, yüreğime dokunan hikâyeler hep aynı şeyi söylüyordu. Her şey içimdeydi. Bulmak istediğim, beni mutlu edecek, hayatımı anlamlı kılacak her şey. Çünkü Tanrı içimdeydi. Ve O, her şeyin kaynağıydı. Dolayısıyla, O'nu bulan, her şeyi bulmuş olacaktı.

Mistik bir dönemdi bizimkisi. İnsanın bakışını tekrar özüne çeviren, özellikle doğuya ait felsefelerin rağbet gördüğü, doğu mistisizmin kokusunun batıya dalga dalga yayıldığı bir dönemdi.

İnsanın kendini arayışını anlatan kitaplar, şarkılar, filmler bizi âdeta cezbeye sürüklüyor, içimizdeki, kendimizi ve evrenin özünü keşfetme arzusunu körüklüyordu. Ve inanıyorduk. Dünyayı ve ötesini fethedeceğimize inanıyorduk.

Akılcı, rasyonel bakış açısının dünyaya hâkim olduğu bir yarım asrın ardından gelen bu romantik, bu mistik dalga, kalplerimize ve düşlerimize iyi gelmişti. Yaşama şevk getirmişti, heyecan getirmişti. Sınırlı, maddesel amaç ve hedeflerin limitli, ruhlara kasvet veren dünyasında, tekrar sonsuzluğa uzanan bir kapı açmıştı bize. Önümüze sonsuzluğu, içimize de ona ulaşabileceğimiz inancını koymuştu.

Tabii, gençliği bir dönem etkisi altına alan bu rüzgâr, herkesin içinde başka bir şekilde esiyordu. Her birimiz farklıydık ve her birimiz farklı bir şekilde yaşayacaktık bu serüveni.

Soluduğumuz bu ortak hava, benim içimde, bilinmeze doğru, sadece içsel değil, aynı zamanda fiziksel bir yolculuk yapma arzusu olarak belirdi. Doğru, her şey içimizdeydi, bulunduğumuz yerde. Ama içimizdekine ulaşmak için bazen uzağa gitmemiz gerekebiliyordu. Evinin bahçesine gömülü hazineyi bulabilmek için, dünyanın bir ucuna gitmesi gereken bir hazine avcısı gibi.

İşte böylece, bir yolculuk yapmaya karar verdim. Plansız, programsız. Gidecektim. Nereye olduğunu bilmiyordum, ama gidecektim. Bildiğim tek şey, neden gittiğimdi. Kendimi bulmak için gidiyordum. Zaten bende olanı bulmak için.

Bizim dönem mistik bir dönem olduğu kadar, hippiydi de. Çoğumuza göre -enteresan bir şekilde- bu ikisi birbiriyle yakından alakalıydı zaten. Belki de aynı şeydi. Çoğumuz farkındalığa, içimizdeki hakikate, hayata hippi gözlükleriyle bakarak erişeceğimizi zannediyorduk. Ben de bu çoğunluğa dâhildim.

İşte, sonunda gideceğim yeri de buna göre belirledim. Ios'a gidecektim.

Ios o dönemde, hippilerin, bir sırt çantasıyla -bazen onu bile almadan- yola çıkan, otel ve yatak olarak, kumsalları tercih edenlerin cennetiydi. Bir ateşin çevresinde, gözünü yıldızlara dikip hayallere dalarak uyuyanların mabediydi.

Mabetlerdeki amaç bellidir. Tanrı'ya, hakikate yaklaşmak. İşte çoğumuz buna inanıyorduk. Onun için Ios'taydık, hakikati, yaşamın özünü anlamak, keşfetmek için. Bir keşiş, bir evliya değildik belki ama, hedefimiz aynıydı, özümüzü keşfetmek.

İşte aramızdaki müthiş benzerliğin ilki bu, Mathias. Aynı amaçla, aynı bölgeye yolculuk etmiş olmamız. İkimiz de aşağı yukarı aynı yaşlarda, kendimizi ve hayatın özünü anlamak için yola çıkmıştık ve yolumuz bir şekilde Ege'ye düşmüştü.

Senin yolculuğuna başladığın Paros ile Ios arası feribotla bir saattir. İşte serüvenlerimizin başlangıcı arasındaki fark bu kadarcık. Tabii, bizim dönem sizin dönemden bile çılgındı. Ayrıca, şimdiki Paros o dönemki Ios ile kıyaslanmayacak kadar masum ve dingindir. Ama bu, serüvenimizin benzerliğine gölge düşürmeyecek kadar küçük bir detay. Farklı devirlerde de olsa, aynı yaşlarda, aynı amaçla, aynı bölgeye yolculuk etmiş ve sonra yolları bir şekilde kesişen kaç kişi vardır ki dünyada?

Hayat serüvenimizin kesiştiği ikinci nokta ise çok daha şaşırtıcı. Bu sefer bir yer değil, bir insan. Zeynep Hanım. Bana, Sultanahmet'te oteli olan, güllerle konuşan bir kadından bahsettiğin anda, onun Zeynep Hanım olduğunu anlamıştım. Ve şaşkınlığımı sana belli etmemek için epey uğraş vermiştim.

Senin söyleyeceklerini ve düşüncelerini etkilememek adına, Zeynep Hanım'ı tanıdığımı sana söylememeyi seçtim. Bunun nereye varacağını görmek istiyordum. Bu dünyadan ayrılmadan birkaç ay önce karşıma bir genç adam çıkıyor, tıpkı gençken benim yaptığım gibi, kendini ve özünü keşfetmek adına bir yolculuğa çıktığını ve yolunun bir Yunan adasına düştüğünü söylüyor. Gittiği adada "tesadüfen" benim yaptığım, kendi resimlerine benzeyen bir resim gördüğünü ve içine benimle tanışmak arzusu düştüğünü söylüyor. Ve bu genç adam, daha sonra, seneler önce benim hayatımın değişmesine vesile olan o kadından bahsediyor.

Bütün bunlar tesadüf olabilir miydi Mathias? Böylesine inanılmaz benzerlik ve kesişmeler ve tabii zamanlama, hepsi, tanışmamızın ancak Tanrı'nın planının bir parçası olabileceğini gösteriyordu. Senin yolun bir şekilde, daha bir hafta öncesine kadar adını bile duymadığını söylediğin Paros'a düşmüşse, orada benim yaptığım, aylardır satılmayan bir resmi görmüşsen, galerinin sahibi dostum Yorgo sana adresimi vermişse ve buraya kadar gelip, bana sanki kendi gençliğimi dinliyormuşum gibi konuşmuşsan ve dahası, beni hayatımdaki en önemli insanla tanıştıran Zeynep Hanım'dan bahsetmişsen, elbette bunda Tanrı'nın parmağı var, sevgili dostum. İşin içinde Tanrı'nın olmadığı bir şey var mı, bu da ayrı bir konu, ama şimdilik önemli olan, yollarımızın kesişmiş olmasının ilahı bir planın parçası olduğunu hissetmem.

Bana bu kitabı yazdıran işte bu his, sevgili dostum. Ama sakın, sende gençliğimi gördüğümü ve bu kitabı sana bir şeyler öğretmek ya da hayat tecrübemi aktarıp bir şeyler vermek için yazdığımı düşünme. Çünkü bu doğru değil.

Her insan farklıdır. Amaçlarımız, hayata bakışımız birbirine ne kadar benzerse benzesin, benim hayat tecrübem sana bir şey öğretemez Mathias. İnsanlar hayatı başkalarının tecrübeleriyle öğrenmezler, kendi tecrübeleriyle öğrenirler. Bizzat kendileri yaşayarak, deneyimleyerek, tadarak.

Zeynep Hanım'ın verdiği güzel bir örnek vardır. Bir zeytinin tadını anlatabilir misin der. Ne kadar iyi tasvir edilirse edilsin, bir zeytinin ya da bir çileğin ya da başka bir şeyin tadı, o şey tadılmadan aktarılamaz. İşte başkalarının hayat tecrübesi de böyledir. Zeytinin tadının tasviri gibidir.

Dolayısıyla, sana bir şey öğretebilecek tek hayat serüveni seninkisi. İşte hâl böyleyken, bu kitabı sana bir şeyler verebilmek adına yazmak bir saflık ya da basiretsizlik olurdu. Ama çok şükür ki, kendi hayat serüvenimin sadece kendime faydası olabileceğini görebilecek bir pencereden bakıyorum hayata. O yüzden, ben bu kitabı senden çok, kendim için yazıyorum, sevgili dostum. Bu dünyayı, "paylaşarak" terk etmek istediğim için. Çünkü paylaşmak sevgidir ve ben sevgi hâlindeyken ölmek istiyorum.

Ve neden sana yazıyorum? Neden seninle paylaşıyorum da başkasıyla değil?

İşte onu da, sevgili Mathias, bu kitabı okuyup bitirdiğinde anlayacaksın.

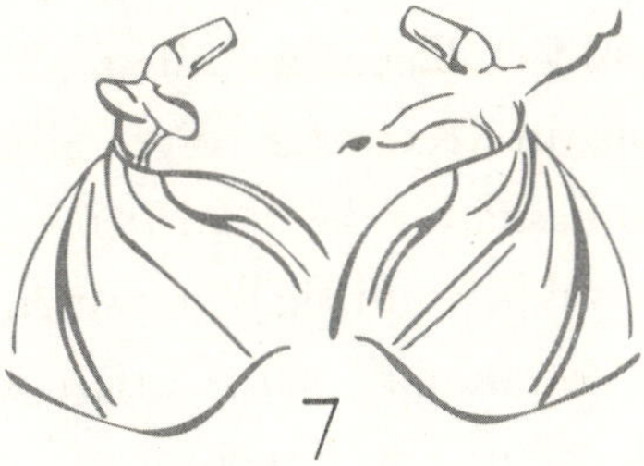

7

Herkesin yazdığı kitaptan söz etmiştim. Hayat kitabından. Benim kitabımın buraya kadar olan kısmından bölümler paylaşacağım seninle. Ama önce onun genel görüntüsünden kabaca bahsedeyim.

Hayat kitabımı dört ana bölüm olarak düşünürsem, belki onlara şu başlıkları koyabilirim. Sevilmek, Karmaşa, Sevmek ve Veda.

İlk bölüm, yani ana hatlarıyla çocukluğum, mutlu geçti. Bu konuda kendimi çok şanslı hissediyorum çünkü hayata sevgiyle başlamıştım. Sevilen, daha önemlisi, sevildiğini hisseden bir çocuk olarak büyümüştüm.

Sevilen çocuk mutludur, varlık içinde büyümemiş olsa da, zorluk, sıkıntı içinde yaşasa da, çok arkadaşı ya da oyuncağı olmasa da mutludur. Çünkü içimiz bir tek sevgiyle huzura erer. Bu, çocuklar için de geçerlidir.

İşte ben de mutluydum. Dediğim gibi, küçük yaşta sevgiye tanıklık etmiştim, kalbim sevginin birçok fotoğrafını çekmişti. Ama bu fotoğrafların bulunduğu kalın albüm, ergenlik yıllarına girerken rafa kaldırılacaktı.

Böylece, ergenlik yıllarından itibaren, gençlik yıllarını da kapsayan, upuzun "Karmaşa" diye tabir ettiğim dönem başladı. Karmaşa, başka bir deyişle, fırtınalı deniz. İyi şeylere niyet etsem de, çocukluğumda kalbime sinen sevginin kokusu ara sıra benliğin karanlığını yarıp dışarı sızsa da, sonuçta dalgalı, çalkantılı, bulutlu bir dönemdi.

Bu karmaşa dönemi oldukça uzun sürdü. Neredeyse kırk seneye yakın. Tabii kendi içinde birçok ara bölümden oluşuyor bu dönem. Ergenlik çağının "ben bilirim"ciliğinden, hippiliğin uçarı yaşam tarzına, sonra "entelektüel mistisizm" diye tabir ettiğim yıllara kadar uzanan bir karmaşa.

İşte bu dönemden beni 53 yaşındayken çıkaran, aksi hâlde, belki de ölene kadar hiç bitmeyecek karmaşayı tekrar çocukluk yıllarımdaki sevgiye dönüştüren olayı, sana bir sonraki bölümlerde anlatacağım.

Üçüncü dönemde kendini gösteren sevgi, çocukluk yıllarımdaki sevgiden farklıydı. Çocukluk yıllarımda sevgiyle, sevilerek tanışmıştım. Bu yeni dönemde ise severek. Sevilmek ile sevmenin arasındaki fark, ağaç ile gölgesi arasındaki fark gibidir.

Ağaç sever, yakıcı güneşe kendini siper edip sana gölgesiyle rahat ve huzur verir. İşte sevilmek, ağacın gölgesidir. Sevmek ise ağaç olmaktır. Güneş battığında gölge kaybolur, ama ağaç kalıcıdır, karanlık çökünce yok olmaz.

İşte sevgili dostum, iyi ki bana sevmeyi öğreten o insanla karşılaşmışım, iyi ki sevginin "sevmek" yüzünü de tanımışım ki, şimdi, hayatın karanlığı üstüme çökerken, biliyorum ki, bir gölge gibi yok olmayacağım.

İşte bu yüzden, son bölümün adı "Son" ya da "Elveda" değil, "Veda" sadece...

8

Bu kitapta seninle macera dolu, bol olaylı bir hayat paylaşmayacağım. Hatta hayat öykümü, başımdan geçenleri, yaşadıklarımı bile paylaşmayacağım. Hayatımda dönüm noktası olan birkaç istisna hariç.

Biz insanlar genelde göze görünen şeylere odaklıyızdır. Somut olayları izler, onlardan bir sonuç çıkarırız. Çünkü hayatın görünen yüzüne bakmak, görünmeyen yüzüne bakmaktan daha kolaydır. İşte bu kitapta, ben hem seni hem de kendimi, kolaya kaçmak yerine, yaşadığım hayatın iç yüzüne dalmaya davet ediyorum.

Sadece sen ve ben değil, her insan, dışta yaşanan serüvenin çok daha büyüğünü içte yaşıyor aslında. Dış dünyada yaşadıklarımızın iç dünyamızda yaşadıklarımıza oranı, buz dağının su üstünde kalan kısmının, su altında kalan kısmına oranı gibidir. İşte o yüzden ben bu kitapta küçük dünyamı değil, büyük dünyamı paylaşmak istiyorum seninle. Küçük bir macera değil, büyük bir macera anlatmak istiyorum sana. İç yolculuğumu.

Her ne kadar göze görünen dünyaya daha meraklı olsak, ona iç dünyamızdan daha çok önem versek de, şunu unutmamalıyız ki, Titanik'i, buzdağının görünen yüzüne çarpması batırmadı. Onu batıran, suyun altındaki kısımdı.

İtiraf etmeliyim ki, suyun altındaki kısım benim hayatımda da derin delikler açtı. Hayatımın büyük bölümünde, batma tehlikesi, benim için soluduğum hava kadar kesin bir gerçekti.

Sana iç yolculuğumun ilk duraklarından bahsedeceğim birazdan. Ama şimdi yazmaya kısa bir ara verip, güzel bir kapuçino içeceğim. Dün yeni bir kahve makinesi aldım. Ev için olanların en iyisiymiş. Kapuçinosu tek kelimeyle mükemmel.

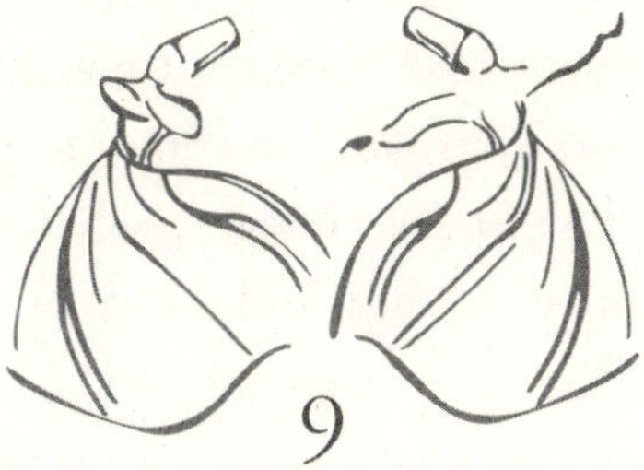

9

Seninle macera dolu, bol olaylı bir hayat paylaşmayacağım desem de, sana anlatacağım istisnalardan biri, aksiyon filmlerini aratmayacak bir olaydı.

Bir motosiklet yarışçısı düşün. Saatte 230 kilometre hızla giderken virajı alamıyor ve düşerek motoruyla pist dışına fırlıyor. Sonunda kaskı sayesinde kurtulacak olsa da, bunu hastanede gözlerini açana kadar, ne o biliyor ne de yarışı izleyenler. Kazanın sonrasında, hemen bir iki dakika içinde, yarış alanında bekletilen ambulans helikopterle hastaneye götürülüyor.

Helikopterin içinde bilinci açık, ama başı kanıyor. Kafası ve vücudunun özellikle üst kısmı sanki üstüne tonlarca ağırlığında bir yük düşmüş gibi ağrıyor. O anda -hastanedeki tetkikler yapılana kadar- kimse ona "iyi olacaksın" diyemiyor.

Başını oynatmamasını söyleyen görevlilerin uyarılarına rağmen, hafifçe başını kaldırıp helikopterin içindekilerden bir ipucu almak istiyor. Gözleri, erişebildiği gözlerin üstünde geziniyor, sanki kimsenin duymak istemediği o soruyu sorarcasına. "Ölecek miyim?" diye soruyor gözleri, en yüksek sesten daha duyulur, daha anlaşılır bir şekilde.

İşte o motosiklet yarışçısı bendim Mathias. Hayatımdaki en önemli üç dört olaydan biri olan bu kısa helikopter yolculuğundan bahsetmek istiyorum sana.

Kazayı kastetmiyorum, o beş on dakikalık helikopter yolculuğuydu, hayatıma ilelebet silinmeyecek izler bırakan şey. Daha net ifade etmek gerekirse, o beş on dakikada düşündüklerim, hissettiklerimdi.

10

İnsanlar öleceklerine inanmıyorlar. Beni hiç kimse bunun aksine ikna edemez. "Bir gün öleceğiz," diyoruz. Her gün gazetelerde, televizyonlarda yüzlerce kişinin öldüğünü okuyoruz, duyuyoruz. Her saniye insanlar ölüyor, ölümü en yakıştıramadıklarımızın ya da en "ölümsüz" görünenlerin öldüğüne tanık oluyoruz, yine de bir türlü öleceğimize inanmıyoruz.

Bazen cenazelerde veya tanıdıklarımızı toprağa verirken ölümü biraz olsun hissediyor, "fani dünya" diyoruz, aynı akıbeti bir gün bizim de yaşayacağımızı düşünüyoruz, ama etkisi hemen geçiveriyor. Tekrar, öleceğimize inanmama hâline bürünüyoruz.

Kim bilir belki de bu, gerçekten ölümsüz olduğumuz içindir. Ölüm sonrasında hayatımız başka bir şekilde devam edeceği içindir belki. Ama bu ayrı bir konu. Şu anda paylaşmak istediğim, işte benim de, o öleceğine inanmayan insanlardan olduğumdu.

Bir gün öleceğimi zaman zaman aklıma getirsem de, hiçbir zaman hissedemiyordum ölümü. Bunun sebebinin sadece, o zamanlar genç ve sağlıklı olmamla açıklanacağını sanmıyorum. Yaşlılara ve hastalara sorsanız -hatta benim gibi ölümcül bir hastalığa yakalanmışlara dahi sorsanız- ölüm döşeğine düşene kadar kendilerini hiç ölecekmiş gibi hissetmezler.

Bunları niye anlatıyorum, Mathias? Sebebi şu. İşte o kaza sonrası, helikopterin içinde, öleceğime gerçekten inandım. İlk kez ölümü hissettim.

Ölüm çoğumuza göre sevimsiz bir konudur. İnsanlar ölümü -özellikle kendi ölümlerini- anmak istemezler. Mide bulandırır ölüm. Ama ben bunun tam tersini tecrübe ettim. Ölüm, daha doğrusu, ölüm bilinci, bana hayat verdi. Sudan çıkarılıp boş bir kovanın içine atılan balık ölümü hisseder. Ama suya geri bırakılırsa, kovanın içinde hissettiği ölüm, suyun tadını hiç hissetmediği kadar güçlü hissetmesine sebep olur. Ölüm bilinci, ölümü hissetmek, onu mutsuz yapmaz, tam aksine, hayatı daha değerli, daha tatlı, daha anlamlı yapar onun için.

İşte benim için, o helikopter bir kovaydı, ben de onun içinde ölümü soluyan balık.

Her şey burada bitiyor, diye düşündüm. O sayılı, ama her biri bir saat gibi gelen dakikalarda, hayatımı anlamlandırmaya çalıştım. Her şey ne kadar boştu, hedeflerim, çabalarım, arzularım ne kadar boştu. Ne bir yarış kazanmak, ne bir madalya, ne hoşlandığım kızı tavlamak, ne de başka bir şey istiyordum. O ana kadar istediğim, düşlediğim, uğruna çalışıp durduğum her şey önemini birkaç saniye içinde yitirmişti.

Gidiyordum, bu dünyadan ayrılıyordum ve artık hiçbir şeyin, ama hiçbir şeyin önemi yoktu benim için.

Göz kapaklarım ağırlaşıp gözlerim kapanmaya başlarken, onları bir daha hiç açamayabileceğimi biliyordum. Ve yapabileceğim hiçbir şey yoktu. Gözlerim kapandığında, bu dünyadan geriye sadece tek bir düşünce kalmıştı. Anneannem.

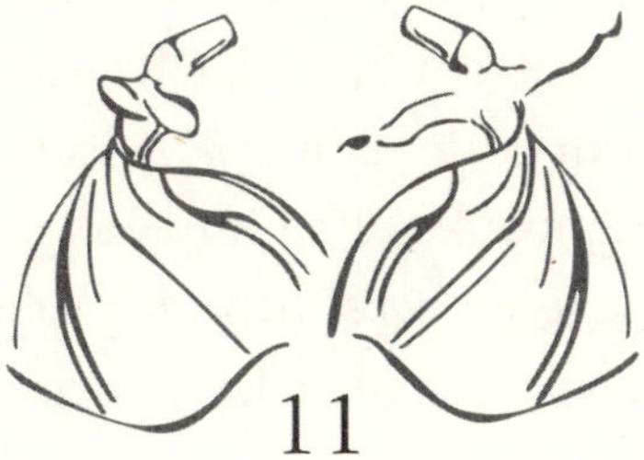

11

Hastanede gözlerimi açtığımda, doktorlardan yaşayacağımı, hayati bir şey olmadığını ve birkaç gün içinde taburcu edileceğimi öğrendim.

Doktorlar hayati bir şey olmadığını söyleseler de, hayati bir şey vardı ve bunu benden başka kimse bilmiyordu. Hayata bakan gözlüklerim kırılmıştı o kazada, ama hastanede gözlerimi açtığımda, gözümde yepyeni gözlükler vardı. Doktorlar, hemşireler göremiyordu belki yeni gözlüklerimi ama, ben onları o gözlüklerle görüyordum. Yaşadıkları her saniye kutsal olan ölümlüler olarak.

Hastaneden çıktıktan sonraki günler, hatta haftalar boyunca helikopterin içinde geçirdiğim o dakikaları düşündüm. O beş on dakika, geride bıraktığım yirmi küsur senenin öğretemediğini öğretmişti bana. Aslında öğrendiğim tek şey vardı. O da şuydu: Bu dünyadan geriye bir tek sevgi kalıyor.

Ölümün nefesini hissettiğim anda -bu sefer kurtulmuş olsam da, o nefesi bir gün tekrar geri dönülemez bir şekilde hissedecektim- hayatta en çok önemsediğim şeyler birkaç saniye içinde önemini tamamen yitirmişti. Olmazsa olmaz dediğim şeyler, hayat amacım olarak belirlediğim hedefler, gerçekleştiremezsem gözlerimin açık gideceğini düşündüğüm hayaller, düşler, uğruna kendimi hırpaladığım, başarmak için didinip durduğum işler, hepsi hepsi kaybolmuştu. Bir tanesi bile umurumda değildi. Geriye tek şey kalmıştı. Anneannemin görüntüsü.

Bunun üzerine düşündüm. Neden anneannem? Neden annem, babam, sevgilim ya da beni seven başka biri değil de anneannem? Ölümü hissederken Tanrı'ya çok yakın olduğumuz söylenir. Çünkü benliğimiz iyice küçülür ve benliğimiz küçüldüğü oranda içimizdeki Tanrı ortaya çıkar.

Bu ikisi arasında bir bağ kurmaya çalıştım. Anneannem ve Tanrı. Ölümü hissederken Tanrı'yı düşünmem gerekmiyor muydu? Neden anneannemi düşünmüştüm? İşte bu sorunun cevabı sanırım Hz. İsa'nın bir sözünde gizli. Bunu hastaneden ayrıldıktan birkaç gün sonra fark ettim. Hz. İsa'nın "Tanrı sevgidir" sözü. Saf sevgi. İşte benim için anneannem bunu ifade ediyordu. Ve bu dünyadan geriye kalan bir tek oydu. Sevgi.

İşte bu, benim için yeni bir dönem anlamına geliyordu. Yok olacak, yok olması yüzde yüz olan şeyler peşinde koşmak içimden gelmiyordu artık. Yanlış anlama, sevgili dostum, hayatı seviyordum, hatta daha fazla bağlanmıştım hayata. Ama "mutlaka bunu başarmalıyım" ya da "şunu yapmazsam gözlerim açık giderim" gibi düşüncelerim kalmamıştı artık.

Bir hayalini, bir hedefini gerçekleştiremezsen, gözlerin açık gitmiyorsun, gözlerin gayet kapalı oluyor ve o hayal, o hedef umurunda bile olmuyor; bunu, o helikopterin içinde tecrübe ederek öğrenmiştim. Bunu öğrendiğim için de, artık hiçbir şey eskisi gibi olmayacaktı.

Hayaller, düşler, hedefler, güzel şeylerdir. İnsan hedefsiz yaşayamaz ve hedeflerini gerçekleştirdikçe daha fazla tat alır hayattan. Bu düşüncem kaza sonrasında da değişmemişti. Değişen şey, hedeflerim ve düşlerimdi. Dış dünyaya ait, somut hedef ve düşlerin yerini, içsel olanlar almıştı. Sevgi örneğin. Sevgi bir hedef olamaz mıydı?

Sevgi, hem sonunda yok olmayacağını bildiğim hem de her gün gerçekleştirebileceğim bir hedefti. Bazı hedeflerin gerçekleşmesi, aylar, seneler sürer. Oysa her gün, her an sevebiliriz, öyle değil mi? Mutluluk denen şey, hedeflerini gerçekleştirmekle yakından ilgiliyse eğer, sevgi gibi her gün gerçekleştirilebilecek bir hedef, bize her gün mutlu olma şansı vermez mi?

İşte motosiklet kazasının ve o helikopter yolculuğunun bana verdiği en büyük hediye buydu. Sevgiyi yegâne hedefim yapmış olması.

12

Sevginin dereceleri vardır. Dışarıda, her gün gördüğümüz sevgiden, "Tanrı sevgidir" sözünün işaret ettiği, içimizdeki ilahi varlığa kadar uzanır sevginin anlamı. İşte benim, bu dünyadan geriye kalan tek şeyin sevgi olduğunu anlamam ve sevginin anlamının Tanrı'ya kadar uzandığını anımsamamla birlikte, benim için, iç dünyama öncelik verdiğim, mistik arayışın ön plana çıktığı yeni bir hayat başlamış oldu.

Tekrar altını çiziyorum, bu, dış dünyadan koptuğum, uzaklaştığım anlamına gelmiyordu. Tam tersine, iç dünyama önem vererek, dış dünyadan daha fazla tat alıyordum. Tanrı içimizdeydi de, dışımızda değil miydi? Onun için hayatımın hiçbir döneminde, dış dünyadan ve dış dünyanın güzelliklerinden kopmadım. Fark şuydu, dış dünyada ve onun güzelliklerinde, dünyayı değil, Tanrı'yı görüyordum. Dünyadaki tatları ve güzellikleri, Tanrı'nın bir hediyesi, O'nun güzelliğinin bir yansıması olarak görüyordum.

Bir yerde böyle okuduğum ya da birileri bana bunun böyle olduğunu söylediği için değil. Böyle hissediyordum. Bu dünyadaki güzellikler Tanrı'dan ve O'nun güzelliğinden bağımsız olamazdı. Ama ben dünyevi güzelliklerin kalbimi çalmasına izin vermek, onları hedef belirlemek yerine, kendime hedef olarak Tanrı'yı tanımayı seçmiştim. Böylece dünyevi güzellikler beni Tanrı'dan koparmaktan çok, O'na yaklaştırıyordu. Çünkü her birinde Tanrı'nın başka bir güzelliğini görüyor ve her biriyle Tanrı'yı hatırlıyordum.

Bu bakışımın doğru olduğundan, o günlerden tam yirmi sene sonra duyduğum bir Sufi sözü sayesinde emin oldum. Mısırlı büyük Sufi İbn Atâullah el-İskenderî şöyle diyordu:

"Bu dünyadan el ayak çeken zahitler, eğer dünyevi güzelliklerin Allah'tan geldiğini görebilselerdi, onları terk etmelerine gerek kalmazdı."

Yeni hedefime yolculuk ederken, yaptığım doğru şeylerdendi bu. Dış dünyadan, dünyevi güzellik ve tatlardan kopmamak, her şeyin Tanrı'dan geldiğini görmeye çalışmak. Ama doğrum bir ise, yanlışım ondu. Sevgi, kendimi tanımak, Tanrı'yı keşfetmek gibi doğru şeylere niyet etmiştim, ama hiçbir şey bilmiyordum. Bu yolculukta yanımda sadece kalbim, o kalbin içinde de Tanrı vardı. Ama o kalbin derinliklerine dalıp Tanrı'yı nasıl bulacağıma dair en ufak bir fikrim yoktu.

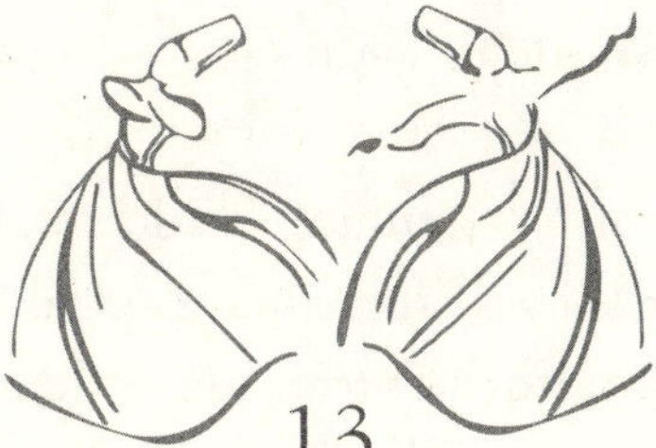

13

Dış dünyaya dair hedeflerim, iç dünyaya ait hedeflere dönüşüp, hayata daha düşsel, daha romantik gözlerle bakmaya başlayınca, içimde bir yolculuk arzusu belirdi. Kendimin ve hayatın özüne yapılacak, içimdeki hakikati, Tanrı'yı bulmayı ümit ettiğim bir yolculuk. İşte sana daha önce bahsettiğim Ios yolculuğu böyle başladı.

Ios'ta, içlerindeki hakikati keşfetme konusunda benim kadar kararlı olmasalar da -sanırım benim farkım o helikopterin içinde hissettiklerimden kaynaklanıyordu- bana benzer düşünen yüzlerce insan vardı. Onlarcasıyla tanıştım ve birlikte, aynı amaç uğruna kenetlenen bir avuç insanın hissettiği tat ve güç ile, dünyanın merkezi ilan ettiğimiz Ios'ta birkaç büyülü yaz geçirdik.

Geceleri kumsalda yatıyorduk. Sivrisinekler dışında hiçbir düşmanımız yoktu. Ada halkı bizi kabullenmişti. Pek para harcamasak da, turizm ile daha önce pek tanışmamış halk için yine de önemli bir gelir kaynağı olmuştuk. Üstelik çoğumuz belki de dünyada görebileceğiniz en barışçıl insanlardı. Sessiz değil, ama sakindik. Sanki uyuşturulmuş gibiydik. Bazılarımız gün boyunca tüttürdüğü çeşit çeşit otlarla uyuşturulmuştu zaten.

Ben ise zihni uyuşturan maddelerin her çeşidine karşıydım. İçimdeki ses, amacıma ulaşmak istiyorsam, ayık olmam gerektiğini söylüyordu. Bu yolculuğa "uyanmak" için çıkmıştım, uyuşmak için değil. Sanırım kendini uyuşturanlar da -en azından bir kısmı- uyuşturucuyla farklı tecrübeler yaşadığı için yapıyordu bunu. Hatta bazı haplar, realiteyi tamamen değiştiriyor, halüsinasyonlara sebep oluyor ve kullananlara gerçekliği sorgulatıyordu. Ne gerçekti, ne değil?

Gördüğümüz, "gerçek" dediğimiz dünya, aslında sadece beynimizin ve beş duyumuzun kapasitesiyle sınırlanmış bir dünyaydı. Örneğin belli frekansın altındaki -ve de üstündeki- sesleri hiç duymuyordu kulağımız. O sesler dünyanın bir parçasıydı, ama biz duyamıyorduk. Aynı şekilde, gözümüz belli aralıktaki dalga boylarını deşifre edebiliyor, diğerlerini edemiyordu.

Keza beynimiz. Örneğin beynimizdeki dopamin maddesi binde bilmem kaç oranında azalsa, şizofren hastalarında olduğu gibi, halüsinasyonlar görmeye başlıyorduk. "Var olmayan" insanlar, "var olmayan" nesneler. Dünya başka bir dünyaya dönüşüyordu. Peki hangi dünya gerçekti? Çoğunluk dünyayı böyle gördüğü için mi bu dünyaya gerçek diyorduk? Oysa bilim, beş duyumuzun bize ne kadar limitli bir dünya sunduğunu çoktan kanıtlamıştı.

İşte sanırım, Ios'taki hippilerin bir kısmını böyle haplar kullanmaya iten, yeni dünyalar keşfetme arzusuydu. Beş duyunun engellerini yıkma, sınırlarını kaldırma arzusu. Her türlü limite karşıydık. Ruhumuz limitsizdi ve limitli bir dünyaya hapsolmak istemiyordu. Beş duyu, sonsuz ruhumuzu küçük bir dünyaya hapsediyordu ve biz bu dünyayı büyütmek istiyorduk. Sonsuz yapmak. Tanrı sonsuzdu çünkü. Tanrı'da yaşamak istiyorsak, dünyamız da sonsuz olmalıydı. Tabii, sonsuzluğa mideye hap göndererek erişilemeyeceğinin çoğumuz farkındaydık. Ve ben bunun doğru olmadığını fırsat buldukça ifade etmeye çalışıyordum.

İşin bir de öbür yüzü vardı. Dışarıdan bakanlar, bizi dünyaya boş vermiş, sadece zevk ve haz peşinde koşan "kaybolmuş gençler" olarak görebilirdi. Ama öyle değildi. Dışarıdan bakıp hüküm vermek, suçlamak, yargılamak kolaydır. Ama herkesin tecrübesiyle sabittir ki, bir şeyin içinde olduğunuz zaman, gerçek, dışarıdan görünenden çok farklıdır. Bunu bildiğimiz ve defalarca deneyimlediğimiz hâlde, olaylara dışarıdan bakıp ahkam kesmekten, insanları ve hayatlarını yargılamaktan geri durmayız.

Bu büyük talihsizlik. Çünkü içimizdeki hakikate, içimizdeki birliğe ermenin yolu, başkalarının gözlüklerini takmaktan geçer. "Hakikat yolculuğu, başkalarının durduğu yerde durabilme sanatıdır," demişti bir Sufi bana. "Hor gördüğünün pabuçlarını bir kez olsun giymeden, hakikate eremezsin. Hakikate ermek, seni, beni ve onu, tek bir kişi yapmaktır çünkü."

Bunları, bir zamanlar benzer duygular paylaştığım o insanları savunmak için söylemiyorum. Sadece gerçeğin çoğu zaman görünenden çok farklı olduğunu bu vesileyle dile getirmek istedim.

Evet, dünyaya boş vermiştik. Ama daha güzel bir dünya arıyorduk. Yanlış yöntemlere başvuranlarımız dahi, bu yeni, güzel dünyayı bulmak ümidiyle yapıyorlardı bunu. Ya da acı veren, savaş, zulüm, haksızlık dolu bu dünyadan kaçmak için. Ya da o yeni, güzel dünyayı bir türlü bulamadıklarını unutmak için. Sebebi ne olursa olsun, hataları çok da olsa, başkalarını hor gören, yaptığı yanlışlardan dolayı başkalarına tepeden bakanlardan daha hatalı değillerdi.

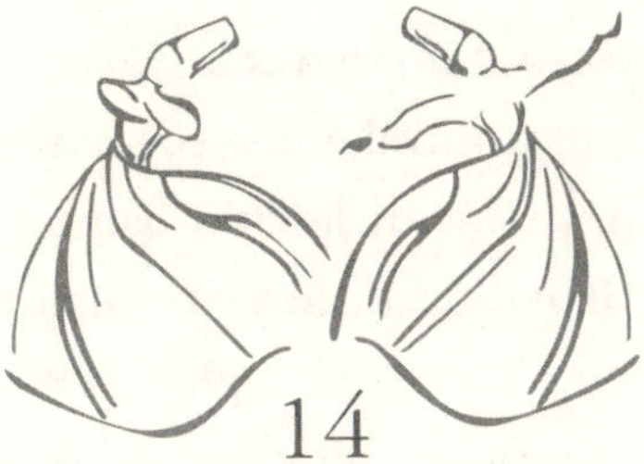

14

Ios müdavimlerinin büyük bir kısmının hayatta haz ve zevk aradıkları bir gerçek. Ama haz ve zevklerin, onları özlerindeki gerçeğe yaklaştırdıklarını düşünüyorlardı. Basit bir zevki sefa merakı değildi onlarınkisi. Bir nevi bir içsel yolculuktu. Sadece yöntemleri farklıydı. Varılmak istenen yer özümüzdeki gerçek ise, onlar o gerçeğe böyle bir vasıtayla yolculuk etmeyi tercih ediyorlardı. Bu onları arzuladıkları yere götürmüş müydü? Zannetmiyorum; ama en azından ulvi bir hedefleri vardı.

Birçoğu hayatın amacını mutluluk olarak görüyordu. Belki de bu yüzden onlara mutluluk veren şeylerin peşine düşmüşlerdi. Mutluluğa yaklaştıkça, hayatın özüne yaklaştıklarına inanıyorlardı. Şimdi geriye dönüp baktığımda, bunun sebebini az çok anlayabiliyorum. Mutluluk, onlara Tanrı'ya yaklaştıkları hissi veriyordu çünkü mutluluk Tanrı'nın bir vasfıdır. Ama onlar aslında Tanrı'ya değil, Tanrı'nın sayısız vasıflarından sadece birine yaklaşıyorlardı. Farkında olmadıkları buydu.

Gerek Ios'ta gerekse daha sonra, hayatın amacını mutluluk olarak gören birçok dostum oldu. Bir dönem -kazadan önce- ben de böyle bakıyordum hayata. Amacım, kimseye zarar vermeden, mutluluğu kovalamak ve beni mutlu edeceğine inandığım şeylerin peşine düşmekti. Sahip olmak, başarmak, gerçekleştirmek. Beni mutlu edeceğine inandığım bir sevgiliye sahip olmak, beni mutlu edeceğine inandığım bir yerde yaşamak, bir işi başarmak, bir düşü gerçekleştirmek. Yaşam amacım buydu.

Oysa şimdi görüyorum ki, hakikat yolcusu mutluluk aramaz, özünü arar. Tanrı'yı. Çünkü mutluluk, Tanrı'nın vasıflarından sadece biridir ve biz Tanrı'yı bulmak istiyorsak, O'nu sadece bir vasfıyla değil, diğer vasıflarıyla da tanımalıyız.

Hayatta sadece mutluluk aramak, sevdiğimiz insanın sadece gülümsemesine bakmaya, sadece gülümsemesiyle yetinmeye benzer. İşte biz Ios müdavimlerinin ve bizim gibi düşünenlerin en büyük hatası buydu. İçimizdeki hakikati, hayatın özünü, mutluluktan ibaret sanmak.

15

Ios'a yaptığım yolculuk, o yolculuğun tekrarları, hippi dostlarım ve sahip olduğumuz hayat felsefesi -senin de tahmin edebileceğin gibi- içimdeki susuzluğu gidermeye yetmedi. Hoş vakit geçirdik, yaptığımız şeyi, inanarak, isteyerek yapmıştık ve bir sürü yeni insan tanımıştık. Hatta birçoğumuzu fazlasıyla tatmin etmişti yaşadıklarımız ve onlar halen o yılları hasretle anarlar.

Pişman olmasam da, o yıllar benim için, daha önce bahsettiğim "karmaşa" döneminin bir parçasıydı. Doğru niyetle yola çıkmama rağmen, Ios'un çok felsefeli ortamı aklımı iyice karıştırmış, kalbimdeki arzunun duruluğunu çalkantıya, netliğini ise sise çevirmişti.

Her kültürden, her felsefeden insan vardı Ios'ta. Hristiyanlar, Şamanlar, Budistler ve doğunun diğer mistik dinlerine ilgi duyanlar başta olmak üzere, her dinden insan vardı. Nüfus kâğıdına göre çoğu Hristiyandı belki, ama doğunun mistik dinlerini benimsemişlerdi.

Ama bizim farklılıklarımız, kavgaya, nefrete ve egoya dönüşmüyordu. Birbirimizin farklılıklarına saygı gösteriyor, saygı göstermenin ötesinde birbirimizi dinliyorduk, anlamaya çalışıyorduk. Öğretmeye değil, öğrenmeye çalışıyorduk. Bunun için bir araya gelmiştik çünkü. Anlamak için. Dinleyerek ve anlayarak, hayatın özüne giden bir yol bulmaya çalışıyorduk.

İşte belki de bu yüzden Ios'ta geçen aylarımın hiçbir gününden pişmanlık duymadım. Çünkü orada hoşgörü vardı.

O yılları karmaşa dönemimin bir parçası olarak görmemin sebebi ise, bahsettiğim gibi, oradaki felsefelerin çok çeşitliliği idi. Herkesi dinliyorduk ve anlatılanların çoğu bizi bir şekilde etkiliyordu. Sonuçta aradığımız, çizmeye çalıştığımız manevi harita bir labirente dönmüştü. Bu labirentte, bir sağa, bir sola, kuzeye, güneye, doğuya, batıya bütün yönlere giden, ama tepeden bakıldığında hiçbir yere gidemeyen bir fare gibiydik.

En azından ben böyle olmuştum. Aklım, kalbim, ruhum, her şey karışmıştı. Hatta önüme çıkan yollara o kadar odaklanmıştım ki, nereye gittiğimi bile unutacak hâle gelmiştim. Ve doğal olarak, bu kafa ve kalp karışıklığı uzun yıllar devam etti. Hatta ilerlemek yerine, geriye gittiğimi hissediyordum çünkü ilk başta duyduğum şevk, kararlılık ve sevgi bulutlanmaya başlamıştı. Çünkü netice alamıyordum, bir yere gitmiyordum.

Kendimi tanımak, hayatın özünü anlamak, içimdeki hakikati keşfetmek, Tanrı'yı tanımak... Bütün bunlar yavaş yavaş sadece sözden ibaret olmaya başlamıştı benim için. Eskiden bir arayışı, coşkuyu, sevgiyi temsil eden bu ifadeler, artık sadece aklıma hitap eden, aklımla anlamını bildiğim kelimelere dönmüşlerdi.

İşte böylece şüphe bulutları üstüme çöreklenmeye başladı. Belki de her şey bir yalandı. Belki hayatın böyle ulvi, yüce amaçları yoktu, belki insan sadece bir çeşit hayvandı ve hayatlarının anlamı da yaşam döngüsünün bir parçası olmaktan öte değildi. Yemek, içmek, çiftleşmek, yavrular dünyaya getirmek, onları büyütmek ve ölmek.

Bununla beraber, geçmişte yaşamış mistiklerin, azizlerin ve peygamberlerin, günümüz insanının hissettiklerinin, deneyimlediklerinin ötesinde, yüce bir hakikati tattıklarına inanıyordum. Kendini, özünü keşfetmeye, içindeki hakikate ermeye, Tanrı'yı tanımaya dair onca söylem, onca söz, onca hikâye, onca kitap, onca deneyim, onca yaşantı boş olamazdı. Onların bahsettiği hakikat mutlaka vardı ve o hakikat, o sevgi insanları tarafından tecrübe edilmiş, yaşanmıştı.

Bu sefer de, şüphelerim başka bir yerden saldırdı. Geçmişte hakikate ermiş insanlar olabilirdi, ama bu devirde yaşanması imkânsızdı bunun. Kendimce elimden geleni yapmıştım. Samimiyetle, öğrenmek, Tanrı'ya uzanan bu içsel yolu yürümek istemiştim. Ama seneler sonra başladığım yerden daha gerideydim. Hem kendime, hem de içinde yaşadığımız dünyanın hâline baktıkça, şüphelerim güç kazanıyordu.

Bir de, içsel yolculukta mesafe kat ettiğini söyleyen, hatta kendine guru, manevi kılavuz gibi lakaplar takıp insanlara yol göstermek için ortada dolaşan insanların hâlini gördükçe, şüphelerim iyice artıyordu. Evet, geçmiş devirlerde, samimi, gerçek, sevgi insanları, Tanrı dostları vardı mutlaka, ama içinde bulunduğumuz dünya onları barındırmayacak kadar bozulmuştu artık. Böyle düşünmeye başlamıştım.

Aklım böyle söylüyordu, ama içten içe, keşfedilmesi gereken hakikatin, sadece geçmişte yaşamış insanlara ait olmadığını, sadece onlara özgü olamayacağını seziyordum. Dünya dönmeye devam ediyorsa, içinde insanlar varsa, hakikat de vardı. Tanrı bir yere gitmemişti. Hâlâ buradaydı, her an bizimleydi. O hâlde, O'nu bulmak, O'nunla yaşamak nasıl imkânsız olabilirdi ki?

Ama nasıl? Nasıl yapacaktım? Bulutlanan kalbime nasıl eski netliği, kararlılığı kazandıracaktım? Kırılan ümidimi nasıl tazeleyecektim? Kaybettiğim şevki nasıl canlandıracaktım? Beni kendi özüme, Tanrı'ya götürecek bir yol nasıl bulacaktım?

O dönemde bu karmaşanın içinden çıkmak imkânsızmış gibi geliyordu bana. En büyük dezavantajım çok şey öğrenmiş olmaktı. Tanrı'ya giden yolun karmaşık ve zor olması gerektiğine inanmak gibi bir hataya düşeriz. Oysa Tanrı en aşikâr, en yalın gerçektir. Ona götüren yol nasıl zor ve karmaşık olabilir ki? Önümün aydınlanması için, en başa dönmem, en aşikâr şeye bakmam yeterliydi. Bu yolculuğa neden başladığıma. Beni bu yolculuğa iten yegâne şeye. Sevgiye.

Araç, amaçta gizliydi aslında. Yolculuk, varılacak noktanın ta kendisiydi. İsa, "Tanrı sevgidir," demişti. Amaç Sevgi ise, araç da aynısı olmalıydı. Varılacak nokta Sevgi ise, ona götüren yol da sevgi olmalıydı.

Tanrı'ya giden yol dosdoğruydu. Dolambaçlı değil. Yalın ve sade. Sevgi'ye sevgi ile varabilirdik. Ama ben, o zaman bu basit gerçeği göremeyecek kadar çok şey biliyordum.

16

Karmaşa yılları devam ederken, ileride hayatımın farklı bir yöne gitmesine sebep olacak başka bir olay oldu. Bu sefer ki, aksiyon filmlerinden kopma bir motor kazası değildi. Bir rüyaydı.

Rüyamda İsa'yı gördüm. Beyazlar içinde, gayet heybetli bir şekilde. Bana eliyle gel işareti yapıyordu. Ona doğru bir adım attım. O ise geriye doğru bir adım attı. Benden uzağa. Bir adım daha attım. O da, aynı şekilde, bir adım geriye gitti. Ama bir taraftan da gel işareti yapmaya devam ediyordu.

Onunla konuşmak istiyordum. Ama havada, konuşmayı, hatta nefes bile almayı yasaklayan bir dinginlik vardı. Ama gözlerimizle anlaşıyorduk. Hem eliyle, hem de gözleriyle beni çağırıyordu. Sanki ona gelmemi, ona kavuşmamı istiyordu, ama ona doğru attığım her adımda geri çekiliyordu.

Ona, "Neden, neden geri çekiliyorsun?" dercesine baktım. Onun gözlerinde ise sevgiden başka bir cevap bulamadım. O güne kadar hiç kimse bana öyle bakmamıştı. Gözleri, beni sevdiğini milyonlarca sözcükle anlatıyordu sanki. Sanki o gözlerle milyonlarca aşk şarkısı söylüyordu bana. Sessiz ama coşkulu.

Kendimi onun kollarına atmak istiyordum. Onun, bir balerinin narinliğini ve asaletini aratmayan adımlarından daha hızlı davranarak kendimi onun kollarına atabileceğimi tahmin ediyordum.

Attığı son adımdan sonra durduğunda, koşup kendini onun kollarına atmaya karar verdim. Heybetli ve azametliydi ama, gözlerinde o kadar büyük bir sevgi vardı ki, bu hareketimi kabulleneceğinden şüphem yoktu. O yüzden, düşündüğümü aynen yaptım. Büyük ve hızlı birkaç adımla kendimi durduğu yere doğru attım. Ama kendimi İsa'nın kollarında değil, yerde buldum. Kaybolmuştu İsa.

Telaşla sağa sola baktım. Yoktu. Bağırarak sessizliği bozdum. "Nerdesin, İsa?!"

Ses gelmedi. Bir iki kez daha seslendim. Değişen bir şey olmadı. Ağlamaya başladım. Oracıkta, küçük bir çocuk gibi. Hıçkıra hıçkıra ağlıyordum. Dinmiyordu gözyaşlarım. O sevgi dolu gözleri, o alev alev bakışı, o yüce yol göstericiyi, aptallığım yüzünden kaybetmiştim.

"Ne olur dön İsa!" diye bağırdım. "Sen, *çocuklar gibi olmadıkça, göklerin krallığına eremezsiniz,* demiştin, işte burada, çocuklar gibi ağlıyorum, lütfen dön İsa!"

Ve o anda, onun sesini işittim.

"Yürü, Fabio. Evinden çık ve son günlerimde yürüdüğüm yere doğru yürü."

İşte, İsa'nın bu sözüyle uyandım. Ve neyse ki, onun son günlerinde nerede yürüdüğünü bilecek kadar dini ve tarihi bilgim vardı.

Kudüs. Kudüs'e yürümemi istiyordu İsa.

17

Hristiyan bir ailede dünyaya gelmeme rağmen, doğruyu söylemek gerekirse, Hristiyanlıkla pek bir alakam yoktu. Daha doğrusu din ile bir alakam yoktu. Manevi hislerim vardı, maneviyata açıktım, ama dini doktrinler bunun bir parçası değildi. Bununla birlikte, kendimi bildim bileli, İsa'ya özel bir sevgi besliyordum. Beni Tanrı'nın oğlu mu olduğu, insan mı olduğu, peygamber mi olduğu hiç mi hiç alakadar etmiyordu. Seviyordum onu.

Hayır, Tanrı'nın oğlu olarak görmüyordum onu. Benim nezdimde o da bizim gibi bir insandı. Sadece, bizden çok daha saf, çok daha temiz. Sevgisi de sonsuz.

İşte bu yüzden onu dinleyecektim. Kudüs'e yürüyecektim. O sabah ve gün boyunca yerimde duramadım. Şevksizliğim şevke, yorgunluğum enerjiye dönüşmüştü. Ölmeye yüz tutmuş kalbim bir anda capcanlı olmuştu. Evin içinde bir oraya bir buraya yürüyordum. Düşünüyordum, planlar yapıyordum. Cevaplamam gereken bir sürü soru, vermem gereken bir sürü karar vardı.

Evdekilere bunu nasıl söyleyecektim? Ve ne zaman? Yola ne zaman çıkacaktım? Yanıma ne alacaktım? Kaç gün, kaç ay sürecekti bu yürüyüş? Tehlikeli miydi böyle bir yolculuk? Hangi ülkelerden geçecektim? Fazla param yoktu. Masrafları nasıl karşılayacaktım?

Ve hayallere daldım. Yolda karşılaşacağım insanları düşündüm. Tanrı beni izliyordu, yolculuğumu da izleyecekti, bana ne gibi sürprizler hazırlıyordu acaba? Böyle bir rüyada O'nun parmağı vardı elbette. Ve bütün zorluklara karşı, tereddütsüz bir şekilde böyle bir karar almam, İsa'nın çağrısına, heyecanla, şevkle icabet etmem, Tanrı'nın hoşuna gidiyor olmalıydı. Bu yolculukta bana beklenmedik hediyeler göndereceğini hissediyordum.

O kadar heyecanlıydım ki, bu yolculuğu erteleyemezdim. Üniversitedeki mastır programını yeni bitirmiştim. Ve birkaç haftalık dinlenmenin ardından iş aramaya başlayacaktım. İş aramak birkaç ay bekleyebilirdi.

Rüyayı doğru zamanda görmüştüm. Bunu Tanrı'nın merhametine bağladım. Böyle bir rüyayı okul devam ederken görmüş olsaydım, bu hiç iyi olmazdı. Okulu bırakma kararıma ailemin tepkisi çok daha büyük olurdu çünkü.

18

Rüyayı gördükten sonra birkaç gün içinde her şey hazırdı. Hazırlık, yapılması gerekenlerden çok, alınması gereken acil kararlar ile ilgiliydi. Yanıma ne alacağım, ne giyeceğim ve karnımı nasıl doyuracağım gibi. Alınması gereken bir sürü karar daha vardı, ama onları yolculuğum sırasında alacaktım. Günbegün.

Ailemi ikna etmek, tahminimden zor olmuştu. Daha doğrusu, ikna edememiştim. Böyle bir şeyi benden bile beklememişlerdi. Onlara göre çılgınlık ötesi bir şeydi bu. Doğal olarak, benim için endişeleniyorlardı. Endişeleri hem güvenliğimle ilgiliydi, hem de ruh sağlığımla. Ciddi ciddi kafayı sıyırmış olduğumu düşünüyorlardı. Yirmi birinci yüzyılda İtalya'dan Kudüs'e yürümeye kalkan bir deli. Üstelik bu deli, çocuklarıydı.

Ben ise kendimi gayet aklı başında hissediyordum. Kalbimi de hiç hissetmediğim kadar diri. Kararlıydım, ikna olsalar da olmasalar da, Kudüs'e yürüyecektim. Bu kararımdan beni bir tek Tanrı döndürebilirdi. Onun da beni vazgeçirmeye çalışacağını hiç sanmıyordum. Kalbimin canlı ve hayat dolu olduğunu hissediyordum çünkü. Tanrı'nın bizden istediği de bu değil miydi?

Annemi, babamı ve ailemin diğer bireylerini üzmek istemiyordum. Onları seviyordum ve üzülmeleri en son istediğim şeydi. Ama onlar da beni seviyorlardı ve onların da benim üzülmemi istememeleri gerekirdi. Hayatı, kalbimi ölü gibi hissederek yaşayamazdım.

Rüyadan önceki aylarda sevgi, neşe ve mutluluktan her geçen gün biraz daha uzaklaşmış, her geçen gün biraz daha fazla benliğin, bencilliğin karanlığına gömülmüştüm. Eskiden kalbimi etkileyen, titreten şeyler etkilemiyordu artık beni. Biliyordum, iç hâlim biraz daha böyle devam ederse, kalbim tamamen ölecekti.

İşte durum böyleyken, bu rüya, İsa'nın görüntüsü, o saf sevgi bakışı, bir anda kalbime manevi elektroşok uygulamış ve bana yeni bir kapı açmıştı. Bu kapıya sırtımı dönemezdim. Ne pahasına olursa olsun, bunu yapmak zorundaydım. Ailem beni seviyor, sadece benim iyiliğimi düşünüyor olabilirdi, ama benim hayatımı ben yaşıyordum, onlar değil. Kalp benim kalbimdi ve onun içine yerleşen hüznü ben biliyordum. Aynı şekilde, bu rüya sonrası nasıl dirildiğini de. Bu yüzden, ailemi ne kadar seversem seveyim, onların istediğini yapamazdım. Mutlaka gidecektim.

Ailemin bu konuda yapabileceği bir şey yoktu. Onlardan maddi ve manevi bir şey beklemiyordum. Tek beklentim fazla üzülmemeleri ve beni merak etmemeleriydi.

Ailemden bir tek anneannem karşı gelmemişti bu çılgınlığa. O da güvenliğimden endişe ediyor olmalıydı, ama bana, benim hevesimi kıracak ya da kalbime korku ve şüphe verecek hiçbir şey söylemedi. Her şeyi içine attı sanırım. Bana sadece şöyle dedi:

"Fabio, güzel evladım, doğduğundan beri senin üstüne titredim. Ve senin hakkında iki hayalim vardı. Bu hayallerin biri, sağlıklı olmandı. Diğeri ise, kalbinin sağlıklı olmasıydı. Kendine dikkat et yavrum. Ve kalbinin sesini dinlemekten vazgeçme. Yolun açık olsun."

Arkadaşlarım ve çevremdekiler de ailemin diğer bireyleri gibi, fazla akılcı bulmadılar bu kararımı. Ama ben akıllı olmak peşinde değildim. Peşinde olduğum şey başkaydı. Sanırım, Ios günlerinden tanıdığım bir hippi dostum hariç, herkes bana deli gözüyle bakmaya başlamıştı. Hippi dostum da deli olduğumu düşünüyordu aslında, ama onun için delilik normal olandı.

Ailemin baskısına ve çevremdekilerin bana, beni hiçbir şekilde anlamadıklarını gösteren bakışlarına maruz kalışım fazla uzun sürmedi. Rüyayı gördükten sonraki yedinci gün, evimin kapısını açıp yürümeye başlamıştım çünkü.

19

Evden çıktığım o mayıs sabahından itibaren bu Kudüs yolculuğu tam dört ay sürdü. Bu dört ayda birçok ülke, onlarca şehir gördüm, yüzlerce insan tanıdım. Tahmin edebileceğin gibi, epey ilginç anlar ve olaylar yaşadım.

Az bir para, orta büyüklükte bir sırt çantasıyla yola çıkmıştım. Çantamın yarısı renkli boncuklar ve kolye ipleriyle doluydu. Durup dinlendiğim zamanlar boncuklardan kolyeler yapıp satarak, en azından hayatta kalacak kadar yemek parası kazanabilmeyi ümit ediyordum. Bunun kolay olmayacağını biliyordum. Yaptığım kolyelere pek talep olmayacağını ya da olsa bile, onlardan kazandığımın yetmeyeceğini tahmin edebiliyordum. Ama bildiğim bir şey daha vardı. Tanrı beni yalnız bırakmayacaktı. Bu yolu yürümeme sebep olan rüyayı O göstermişti bana ve bir şekilde yürümemi sağlayacaktı.

Ve çok geçmeden yanılmadığımı anladım. Yaptığım kolyeleri satmaya çalışırken, insanlar hâlimden bunun arkasında bir hikâye olduğunu anlıyorlar ve bana sorular sormaya başlıyorlardı. Nereliydim? Burada ne işim vardı? Sırt çantam, yıpranmış kıyafetim, hâl ve tavırlarım... Sorular bulunduğum yere ve kişilere göre değişiyordu, ama hemen hemen herkes, benim sıradan bir kolye satıcısı olmadığımı fark ediyor ve hikâyemi anlayabilmek adına sorular soruyordu.

Aldıkları cevaplar karşısında, önce inanıp inanmakta tereddüt etseler de, sonunda çoğu inanıyordu. Ve yüzlerinde, arkadaşlarımın ve çevremdekilerin yüzlerindeki gibi, bunun bir delilik olduğuna dair bir ifade belirmiyordu. Aksine, bir saygı ifadesi beliriyordu. Sanırım yaptığımın zor ve cesaret isteyen bir iş olduğunu düşünüyor ve benim bu işe samimi duygularla kalkıştığımı seziyorlardı. Ve böylece, yardım etmek istiyorlardı bana. Kimisi kolyenin parasını veriyor, ama kolyeyi almıyordu. Kimisi ise yemek alıyor, kimisi ise evine davet ediyordu.

Önceleri, kolyeyi vermeden para almayı reddediyordum. Dilenci değildim ve dilenmek için yola çıkmamıştım. Ama çok geçmeden, bu tutumumdan vazgeçtim ve bana ne verilirse kabul etmeye başladım. Bunun birkaç sebebi vardı. Birincisi bana yapılan yardımları reddetmemin egomdan kaynaklandığını fark etmemdi. Dilenci gibi görülmekten egom rahatsızlık duyuyordu. Ama ben bu yola egomu diri tutmak, onun sesine kulak vermek için çıkmamıştım. Diğer bir sebep de, yardımın aslında insanlardan değil, Tanrı'dan geldiğini hissetmemdi. Elbette insanlar aracıydı. Ama onlara bana verdikleri şeyi veren de Tanrı'ydı, onların içine bana yardım etme hissini koyan da. Bir başka sebep ise, gerçekten ihtiyacım olmasıydı. Yemek, yatak, yol parası, ne verirlerse. İhtiyacım vardı ve hiçbir yardıma hayır demeyecektim.

Çok geçmeden başka bir şey daha anladım. Bütün yolu yürümeme imkân yoktu. Fırsat buldukça otostop yapmaya karar verdim. Yeterli param varsa ya da yardım eli uzanırsa, bazı bölgeleri de otobüs veya trenle geçecektim. Bu konuda içim rahattı. İsa'nın ve Tanrı'nın niyetime bakacağını ve yolun bir kısmını yürümemin yeterli olacağını düşünüyordum.

Yine de, elimden geldiği kadarını yürüyordum. Ve yürüdüğüm zamanlarda daha başka bir hâl içinde oluyordum. Geçtiğim yerlere daha fazla dikkat ediyordum, anı daha iyi yaşayabiliyordum, bu yolculuğun amacını daha iyi hissedebiliyordum. Yürümek, yürürken yorulmak, bana *neden* yürüdüğümü hatırlatıyordu. Enerjim ve neşem buradan geliyordu.

Yolculuğum sırasında çok değişik, enteresan ve iyi insanlarla karşılaştım. Tabii, kötü ve tehlikeli olabileceklerle de. Ama onlara odaklanmıyordum. Bu yolculuğa kötüyle meşgul olmak için çıkmamıştım. Beni korkutacak derecede negatif bir enerji aldığım insanların dahi içlerindeki iyiliği görmeye çalışıyor, onlara iyi ve yumuşak davranıyordum.

Belki de korktuğumdan böyle yapıyordum, bilemiyorum. Çünkü ben onlara güvendikçe, kötü tavırlarına karşı iyilik ile yaklaştıkça, onlar etkisizleşiyorlardı. Sanki beni sırtımdan vurmak için sinsi sinsi kalkan hançerlerini, ben onlara dönüp kollarımı açtığımda, korkup yere atıyorlardı. Korkan bendim aslında. Ama şunu gördüm ki, kötülüğe iyilikle karşılık vermek, kötünün içine dehşet bir korku salıyor.

Ama dört ay boyunca dokuz ayrı ülkede gördüğüm insanlar içinde böylelerinin sayısı ikiyi üçü geçmezdi. Bununla beraber, o kadar iyi, o kadar samimi, o kadar cömert, o kadar gerçek insanlar tanıdım ki, dünyanın her geçen gün daha kötüye gittiğine dair inancımı tekrar gözden geçirmek zorunda kaldım.

Bana hiçbir karşılık beklemeden yardım eli uzatanlar, hiçbir karşılık beklemeden evine alıp doyuran, yatak veren, odasını açan, her milletten, her kültürden bir sürü güzel insan. Özetle, her insanın bir kalbi olduğuna, o kalpte sevgi bulunduğuna ve o sevginin, günümüzde dahi, hiç azımsanmayacak kadar büyük olduğuna şahit oldum.

Ve yolculuğumun birinci ayının sonunda bir şey yapmaya karar verdim. Geçtiğim ülkelerdeki insanların inanışlarına açacaktım kalbimi. Neye inanıyorlarsa, hangi inanca, hangi dine mensuplarsa, ona uyacaktım orada bulunduğum sürece. Hristiyanlarla pazarları kiliseye gidecektim, Yahudilerle cumartesi günü dinlenecektim, Müslümanlarla namaz kılacaktım.

Tabii herkesin dinini, dini uygulamalarını öğrenecek, yaptığım şeyleri doğru yapacak kadar bilgi sahibi olmaya vaktim yoktu. Ama onlara uyacaktım. Örneğin İstanbul'a ilk geldiğimde, ezan okunduğunda, camilere giriyor, insanlarla birlikte namaz kılıyordum. Ne namazda söyledikleri şeyi biliyordum, ne yaptıkları hareketlerin sıralarını. O yüzden bir gözüm hep yanımdakilerde oluyordu, onlar ne yapıyorsa, ben de aynısını yapıyordum.

Böyle davranmaya karar vermiştim çünkü kalbimi tüm insanlığa açmak istiyordum. Tanrı hepimizin içinde vardı. Hepimiz içimizde Tanrı'nın ışığını, Tanrı'nın ruhunu taşıyorduk ve işte ben kalbimi buna açmak istiyordum. Farklılıklarımız dışta kalıyordu, içimize, özümüze indikçe, birleşiyorduk. Birleşmek zorundaydık. Çünkü hepimizin özünde tek bir varlık vardı ve farkında olsak da, olmasak da, hepimiz aynı yerden geliyorduk.

Sevgi'ye ulaşmak niyetiyle sevgiyle yola çıkmıştım ve bu yolu, insanları yargılayarak, dışlayarak, reddederek, küçümseyerek yürüyemezdim. Ne için yola çıktıysam, elimden geldiğince, gücüm yettiğince onu yapmaya çalıştım. Sevmeye çalıştım. Yaptığım her şeyi. Severek kiliseye gittim, severek Şabat yaptım, severek namaz kıldım.

İnsanlar bunu seziyorlardı ve beni kabulleniyorlardı. Camide örneğin. Bir kere bile "Sen ne yapıyorsun, böyle namaz kılınmaz," gibisinden bir tepkiyle karşılaşmadım. Dış görünüşümden yabancı olduğum belli olduğu için, Müslüman olup olmadığımı soruyorlardı, ama meraktan. Amacımı bazen gizliyordum, bazense açıkça söylüyordum. Açıkça söylediğim zamanlarda bile ters bir tepkiyle karşılaşmadım.

Ve sevgili dostum, işte böylece dört ay geçti. Dolu dolu, ilginç, farklı ve doyurucu. Yolculuğum boyunca birkaç kez hasta olsam da, soğuk algınlığı gibi basit hastalıklardı ve sonunda sağ salim, sağlıklı bir şekilde evime dönebilmiştim. Son durağımdan bindiğim bir uçakla. Dört ayda geldiğim yolu üç saatte dönmüştüm.

Ve şimdi, seni şaşırtacak bir şey söyleyeceğim dostum. O da şu, Kudüs'e hiçbir zaman gitmedim.

20

Neden Kudüs'e kadar devam etmediğimi anlatacağım. Ama ondan önce yolculuğum sırasında yaşadığım bir iki olaydan bahsetmek istiyorum. Bu yolculukta gördüklerimi, başımdan geçen olayları, tanıştığım kişileri anlatsam, değil bir kitap, çok heyecanlı, macera ve sürprizlerle dolu bir kitap serisi olurdu sanırım. Ama başta da söylediğim gibi, bunu yapmayacağım. Çünkü beni buzdağının görünen kısmından çok, görünmeyen kısmı ilgilendiriyor. Gençlik yıllarımdan, hatta çocukluk yıllarımdan beri, benim için en büyük, en heyecan verici macera, içimde yaşanan olmuştur hep. Onun için bu dört aylık yolculuğumdan sana sadece, sonradan iç dünyamdaki serüvenin önemli bir parçası hâline gelen bir iki olayı anlatmakla yetineceğim.

Bunların ilki şuydu. Bugün Hırvatistan sınırlarında kalan Split şehri yakınlarındaki bir köyden geçerken Şaman bir gezginle tanıştım. Ona hikâyemi anlattığımda, genelde diğer insanların gösterdiği "hayret" ifadeleriyle karşılaşmadım. Yüzünde de yolculuğumu ilginç ya da sıra dışı bulduğuna dair en ufak bir mimik, en ufak bir belirti yoktu. Sanki bir genç adamın bir sabah gördüğü rüya üzerine, İtalya'daki evinden çıkıp Kudüs'e yürümeye başlaması normal, olağan bir şeydi.

Onun bu tavrı ilgimi çekmişti. Ancak olağandışı bir kimse, olağandışı olan bir şeyi olağan bulabilirdi. İşte bu yüzden, yoluma devam etmek yerine, o köyde birkaç gün geçirdim. Daha çok mistisizmden konuştuğumuz sohbetler yaptık. Genelde ben konuşuyordum, o susuyordu. Ama söylediğim her şeyi dikkatle dinlediğini ve anladığını biliyordum. O sussa da, sohbetimiz tek taraflı değildi, çok güçlü bir paylaşım yaşadığımızı biliyordum. Kimisi konuşarak paylaşır, kimisi susarak. Ve ikincisinin daha güçlü olduğunu bilecek kadar deneyim yaşamıştım.

Yoluma devam etmek üzere köyden ayrıldığım sabah bana sarıldı. Ve gözlerimin içine derin derin baktıktan sonra, "Kudüs'e yürüyorsun," dedi. "İstanbul'dan geçeceksin. Orada Sufiler ile tanışacaksın."

Sufi kelimesini işte ilk kez o gün duydum.

"Sufiler kim?" diye sordum.

"İstanbul'a varınca anlarsın," dedi hafif bir gülümsemeyle. Ve başka bir şey söylemedi.

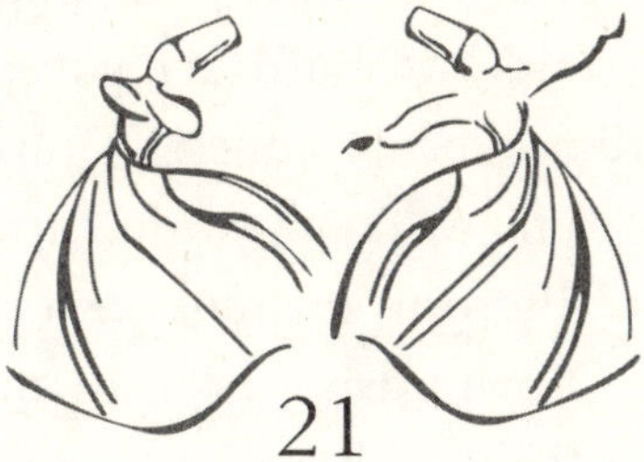

21

İstanbul'a vardığımda, hep aklımın köşesindeydi bu söz. Belki Şaman dostumun bu sözü kendinden emin ve kesinlik ifade eden bir ses tonu ve bakışla söylemiş olması, beni İstanbul'da ister istemez bir beklentiye soktu. Hatta birileri yanıma yaklaşıp "Biz Sufileriz," diyecek olsa, hiç şaşırmayacaktım. Buna benzer bir olay için her an hazırdım, ama İstanbul'da geçirdiğim günlerde böyle bir şey olmadı.

Yoluma devam etmem gerekiyordu, bu yüzden ben sormaya başladım Sufileri. Camilerde gördüklerime sordum, tanıştıklarıma, bazen de yolda yürüyenlere... Çoğunun yüzüne bir tebessüm yerleşiyordu, kimisi şevkle heyecanla bir şeyler anlatıyordu, ama Sufileri gösteren çıkmıyordu.

Kimisi Sultanahmet'teki bazı kafe ve restoranlarda, dönen dervişleri izleyebileceğimi söylüyor, bana buraların yerini tarif ediyordu. Kimisi de İstanbul'da geçmişte Sufilerin mekanı olan tarihi tekkeleri gösteriyordu. Kimisi de Mevlânâ Celâleddin Rûmî'den bahsediyordu. İşte, o yüce sevgi insanının ismini ilk kez o günlerde duydum, sevgili dostum. Ve bunun benim için ne anlama geldiğini sonraki bölümlerde anlatmaya çalışacağım. Ama şimdi İstanbul'daki o günlere döneyim.

Çaresizdim. Kimse beni Sufilere götürmüyordu. Daha doğrusu, kimse Sufileri tanımıyordu. İstanbul'da Sufiler yaşamıyor muydu? Bu soruyu sorduklarım sürekli geçmişten bahsediyorlardı. Osmanlı'dan, eski İstanbul'dan, geçmiş yüzyıllardan, türbelerden... Bir de sık sık *evliya* kelimesini kullanıyorlardı. Özellikle az İngilizce bilenleri, cümle aralarına bu kelimeyi sıkıştırıyorlardı. Sonra bu kelimenin "dost" anlamına geldiğini öğrendim. İnsanların kullandığı manada ise, "Allah dostu" anlamına geliyordu.

Bu kelimeyi öğrendiğim iyi oldu. Çünkü ben de evliya olmak istiyordum. Yani Tanrı'yla dost olmak. Tanrı ile dost olmak sadece Müslümanlara mahsus olmamalıydı, onun için ben de hayattaki amacımı ifade etmek için kullanacaktım bu kelimeyi. Ve bunu Türkçe olarak söylemeyi öğrendim. Tanıştığım, özellikle maneviyata açık olduğunu hissettiğim insanların kulağına yaklaşıp, Türkçe olarak, "Ben evliya olmak istiyorum," diyordum. Onlar da gülüyorlardı.

Bunu espri yapmak için söylemiyordum. Ve neden bu kadar komik bulduklarını da anlayamıyordum. Belki söyleyiş tarzıma gülüyorlardı, bilemiyorum.

Onlar gülseler de, "Ben evliya olmak istiyorum," demeye devam ettim İstanbul'daki günlerimde. Belki bu davranışım, Allah dostu olan Sufilerle karşılaşma ihtimalimi artırabilirdi. İstanbul'da o kadar büyük bir manevi ve mistik hava vardı ki, bu sadece geçmişle, tarihi yapılarla, türbelerle açıklanamazdı.

Algılarımın çok güçlü bir şekilde sezdiği bu mistik enerjinin mutlaka bir kaynağı olmalıydı. Yaşayan bir kaynak.

İşte, o kaynağı bulmak ümidiyle bir taraftan İstanbul'da "Ben evliya olmak istiyorum," diye dolaşıyor, bir taraftan da zaman kaybettiğimi düşünüyor, yoluma bir an önce devam etmek istiyordum.

İstanbul halkı, ben Sufilerden bahis açınca, sürekli geçmişten bahsetmeyi sürdürdükleri için sonunda yoluma devam etmeye karar verdim. Hayat geçmişte yaşanmıyordu çünkü. Hayat şu anda, burada yaşanıyordu ve ben yaşayan Sufileri görmek istiyordum. İşte, bu beklentim hayal kırıklığına dönüşünce, yoluma devam ettim.

Ama bazen, bugün keşfedilebilecek bir güzelliğin, bir zenginliğin izi, geçmişte bırakılmış olabilirdi. Bir hazine haritası gibi. Hazine görünmeyebilir, kimse yerini bilmeyebilir, ama geçmişte çizilen bir harita, o hazineyi bugün bulmanızı sağlar.

İşte o ümitle, bir tren bileti aldım. İstanbul'dan Konya'ya. Bugünün Sufilerini, bir de Mevlânâ Celâleddin Rûmî'ye soracaktım.

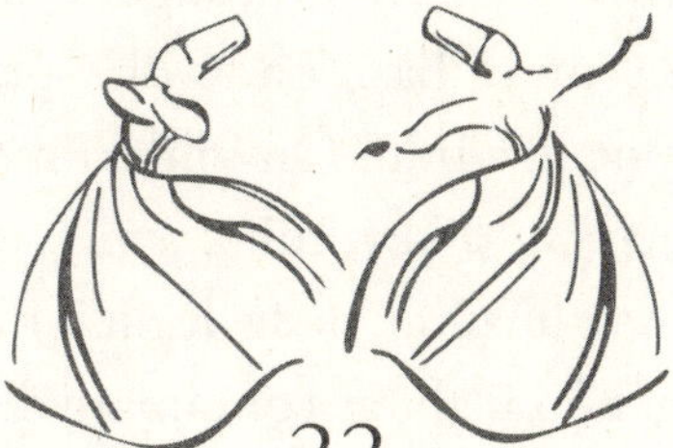

22

Konya ziyaretimde benim için üç şey ön plana çıkmış ve sonuncusu istikametimi değiştirmişti. Önce ilk ikisinden bahsedeyim.

İlki, İstanbul'da yaşadığım hayal kırıklığını Konya'da da yaşamış olmamdı. Yaşayan Sufileri orada da görememiştim. Bu hayal kırıklığımı, seneler sonra tanıştığım Brezilyalı bir dostumdan, Luis'ten bahsederek ifade etmek istiyorum.

İlk İstanbul ziyaretimden tam 23 yıl sonra İstanbul, Sultanahmet'te tanıdım onu. Kış ve bahar aylarını İstanbul'da geçirmeye başladığım yıldı. Ilık bir mayıs akşamıydı. Ayasofya'ya bakan bir kafede oturmuş, elma çayı içiyor, gelen geçenleri izliyordum.

Bütün dünyanın, her millet, dil, din, ırk, kültürden insanın Sultanahmet'te bir araya gelmesi beni her zaman büyülemiştir. Bütün insanlığın birliğine inancımın bir tezahürüdür benim için orası. Ruhumun birliğe olan bitmeyen özlemini, giderilmeyen susuzluğunu bir nebze dindiren bir yer olmuştur hep.

İşte o akşamüstü benim oturduğum kafenin önünden geçerken gördüm onu. Başı öndeydi, son derece yorgun görünüyordu. Ve de hüzünlü. Önümdeki meydanda yürüyen yüzlerce insan içinde dikkatimi çekmiş olmasının sebebi yüzündeki yorgun ve hüzünlü ifade değildi. Bir elinde, Mevlevi dervişlerin giydiği bir külah taşıyor olmasıydı. Ona seslendim.

"Külahın sahibini bulabildiniz mi?"

Bir anda irkildi. Durdu ve yüzüme garip garip baktı. Ardından bana doğru birkaç adım atarak, latin aksanlı bir İngilizceyle sordu:

"Efendim? Ne dediniz?"

Ne dediğimi duymuştu. Ama emin olmak istiyordu. Doğru duyduğundan emin olmak istiyordu. İşte o an yanılmadığımı anladım. Sezgilerim doğru söylemişti, önümden geçen bu yabancı adam, 23 sene önceki Fabio'nun yaşadığı hayal kırıklığını yaşıyordu.

"Mevlânâ şöyle der," dedim. "*Nice kıyafetler gördüm, içlerinde insan yok*. Bu söz başka bir manada söylenmiştir gerçi. Ama sanırım siz de bu külahın altındaki insanı bulamadınız?"

Yüzündeki hayret ifadesi artmıştı. Yanıma geldi, ne diyeceğini bilemiyordu.

"Oturmaz mısınız?" diye sordum. "Güzel elma çayı yapıyorlar."

Tahmin ettiğim gibi, bu teklifimi geri çevirmedi. Ve sonraki iki üç saat derin bir sohbete girdik.

Adı Luis'di. İstanbul'daki son akşamıydı, ertesi sabah ülkesi Brezilya'ya dönüyordu. Türkiye'ye tek geliş sebebi vardı. O da Mevlânâ. Ve tabii, onun yolunu takip edenlerle tanışmak. Katolik bir ailede dünyaya gelmişti ve kendi tabiriyle, kendini bildi bileli manevi eğilimleri olan biriydi. Ancak birkaç sene önce, bir arkadaşı doğum gününde ona, Batı'da tanındığı ismiyle, Rûmî'nin *Mesnevi*'sini armağan etmişti.

İşte o da öyle tanışmıştı Mevlânâ'yla ve Mevlânâ'nın dizelerindeki aşk, yine onun tabiriyle, onu kalbinden vurmuştu. Sonrasında Mevlânâ'nın hayatını, yaşam görüşünü anlatan kitaplar okumuş ve ona ilgisi her geçen gün artmıştı. Tabii ki, Sufizme de. Sufizm üzerine onlarca eser okumuş ve kendini her şeyden çok "bir Sufi" olarak hissetmeye başlamıştı.

Ve yanıp tutuşmaya başlamıştı kendi tabiriyle. Konya'ya gitmek istiyordu. Mevlânâ'sına kavuşmak, onun yolunda olanlarla buluşmak istiyordu. Aşk insanlarıyla. Varlıklı biri değildi, bu yolculuğu gerçekleştirmesi için önce para biriktirmesi gerekiyordu. Ve o da aynen öyle yapmıştı. Bir buçuk sene harcamalarını iyice kısmış ve bu seyahati gerçekleştirebilecek miktarı biriktirir biriktirmez uçak biletini almıştı. İstanbul aktarmalı olarak direkt Konya'ya gidecek, bir hafta orada kaldıktan sonra, Türkiye'deki son üç gününü geçirmek üzere İstanbul'a dönecekti. Bu yolculuğu bir nevi hac olarak görüyordu. Kendi benliğinden, sonsuz sevgiye yapılan bir hac.

Konya'da onu etkileyen üç şey olmuştu. Mevlânâ'nın, Şems'in ve Ateşbaz-ı Veli'nin türbesinde geçirdiği zamanlar. Gelmeden önce, Mevlânâ hakkında olduğu kadar Şems hakkında da bilgi sahibiydi. Ancak dergâhın aşçısı Ateşbaz-ı Veli'yi ilk kez burada duymuştu. Hikâyesi kalbini etkilemişti. Bu zat bir gün dergâhın mutfağında odun bitince, Mevlânâ'ya ve dostlarına yemek çıkarabilmek için, odun yerine ayaklarını ateşe sokmuş ve yemeği öyle pişirmişti.

Luis bunu anlatırken, güzel bir şey söyledi. "Sanırım," dedi, "Ateşbaz-ı Veli'nin ayaklarının yanmamasını sağlayan şey, yüreğindeki aşk ateşinin bütün bedenine yayılmış olmasıydı. Çünkü ateş ateşi yakmaz. İşte ben de bunu arzuluyorum, her yerimin aşk ateşiyle yanmasını. Keramet, mucize istemiyorum, hayır. Sadece bedenimin her zerresinde aşkı tatmak istiyorum."

İşte belki de bunun için büyük bir hayal kırıklığı yaşamıştı Luis, Konya'da. Çünkü aşk ateşiyle yananlarla karşılaşmamıştı. Müslümanlarla, Mevlânâ'yı seven, kendince onu takip eden insanlarla karşılaşmıştı evet, ama aşk ateşini bulamamıştı Konya'da. Yüreğindeki ateşin sönmemesi için, o ateşi körükleyecek, aşk ile alev alev yanan yüreklere ihtiyacı vardı. Onları arıyordu. Ama bulamamıştı. Ne Konya'da ne de sonrasında döndüğü İstanbul'da.

İşte bu son gün, İstanbul'u son kez dolaşmıştı ve o hayal kırıklığıyla oteline dönüyordu. Yolda gördüğü bir dükkândan, hatıra olarak, onu görmemi sağlayan o külahı almıştı işte. Türkiye'den bir Mevlevi külahıyla dönecekti. Oysa buraya o külah için değil, o külahın altındakiler için gelmişti. Oteline dönerken kendine kızıyor ve şöyle diyordu kendi kendine:

"Hiç büyümeyeceksin, Luis. Çocuk gibisin. Sekiz yüzyıl öncesindeki bir aşktan etkileniyorsun ve o aşkın yaşandığı yere yirmi birinci yüzyılda gidip o aşk ateşini hâlâ yanarken bulacağını sanıyorsun?! Ah, aptal Luis!"

Ama Luis'in aşkla yanan kalbi, Mevlânâ'yı hatırlatacak bir külah dahi almadan dönmesine izin vermemişti.

Ve ben, tam Luis kendi kendine söylendiği anda, ona seslenmişim. Türkiye'deki son gecesinde sadece içini dökme fırsatı bulmadı Luis. Birlikte geçirdiğimiz o akşam, aynı zamanda, aldığı külahın altındakileri bulmasına vesile olacaktı.

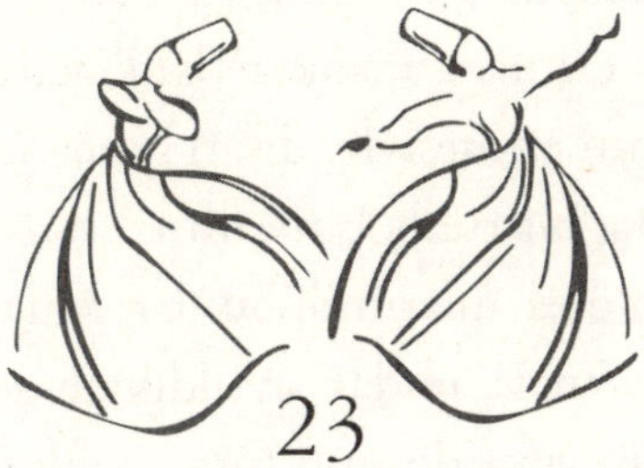

23

Konya'da benim için ön plana çıkan ikinci husus ise, tıpkı Luis gibi, yaptığım ziyaretlerdi. Mevlânâ ve Şems ziyaretleri. Ateşbaz-ı Veli'yi o zaman henüz duymadığım için onu ziyaret etme şansım olmamıştı.

Özellikle Şems'i ziyaretimde, güçlü bir içsel deneyim yaşadım. Benliğimi bir süre hissetmedim. Sanki ben Şems'i ziyaret etmiyordum. Bir ziyaret vardı ortada. Ama kimin kimi ziyaret ettiği belli değildi. Sanki orada tek kişi vardı ve o tek kişi kendini ziyaret ediyordu. Bu kişi ne Şems'ti ne de ben. Ama sanki ikimiz de ondan geliyorduk. *Kim olabilir*, diye düşündüm. Ama bu soruyu doğru cevaplayabilecek kadar açık değildi kalp gözüm.

Orada olanın kim olduğunu bilemesem de, kendi dışıma taşmış olmanın büyüsünü yaşadım. İşte, benliğin -kısa bir süreliğine de olsa- kaybolmasının, güneş karşısında eriyip giden bir kar tanesi gibi ortadan yok olmasının, kalbe verdiği neşeyi ilk o gün tattım.

Benliğimin karanlığını bastıran, o karanlığı hiçliğe götüren Şems'in ışığı olmalıydı. Benliğimin soğuk, katı buzları, bu aşk güneşi karşısında erimişti oracıkta. Sanki karanlığa hapsolmuş ruhum, benliğimin erimesiyle, dışarı sızma imkânı bulmuş ve çok daha saf başka bir ruhla birleşmişti.

Konya'daki en özel anlarımdı bunlar. Ama etkisi fazla uzun sürmemişti. Şems'in yanından ayrıldıktan sonra, birkaç saat içinde normal dünyaya dönmüştüm. Benliğim geri gelmişti. Her zamanki kadar olmasa da, yine de gayet diriydi.

Ama kalbim etkilenmişti. Bunu arıyordum. Şems'in yanında, aradığım, uğruna yollara düştüğüm aşktan bir kaşık tattırılmıştı bana. Ama ruhum bir kaşıkla yetinmeyecek kadar açtı. Yemeğin piştiği kazanı bulmalıydım. İşte bunun için, benim de, Luis gibi, külahın altındakileri, yani yaşayan Sufileri bulmaya ihtiyacım vardı.

Ve ben de, tıpkı Luis gibi, onları bulamamanın hayal kırıklığını yaşıyordum.

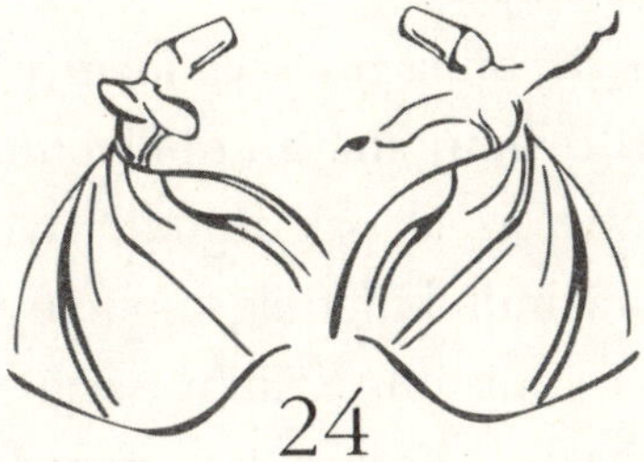

24

Hayal kırıklığı yaşayan sadece ben değildim. Benden daha büyük hayal kırıklığı yaşadığını hissettiğim biri daha vardı. Mevlânâ.

Mevlânâ'yı ziyaretimde yaşadığım deneyim Şems'i ziyaretimde yaşadığımdan farklıydı. Türbeye girdiğimde, kendime Mevlânâ'nın sandukasını gören bir yer bulup oturdum. Hafta içi ve erken saatler olması sebebiyle türbe çok kalabalık değildi. Sanırım bu yüzden olsa gerek, burada oturamayacağımı söyleyen bir görevli bu tutumunda ısrarcı olmadı ve dua ettiğimi görünce beni kendi hâlime bıraktı.

Kalbimi Mevlânâ'ya odaklamıştım ve onunla irtibata geçebilmek için Tanrı'dan yardım istiyordum. Onun hakkında bir sürü şey duymuştum, ama ben onun ruhuyla tanışmak istiyordum. Onun hakkında duyduğum şeylerden biri, sevgisinin bütün insanlığı kucaklıyor olmasıydı. Bunu ifade eden "Gel, ne olursan ol, gel. İster kâfir, ister ateşe tapan, ister puta tapan ol, yine gel," sözünü aktarmışlardı bana. Onun bu sonsuz, koşulsuz sevgisi, onu tanımak için buraya gelen bana da uzanmaz mıydı acaba?

Uzanırdı şüphesiz, buna yürekten inanıyordum. Ve her şey Tanrı'nın elindeydi. Tanrı amacımı biliyordu, kalbimin içini biliyordu. Kalbim temiz, ak pak değildi, hayır. Hatta kirliydi, yanlışlarımın, benliğimin kirleri ile dopdoluydu içi. Ama onu temizlemeye niyet etmiştim. Kalbimi sevgiyle yıkamak, onu kirlerden arındırmak istiyordum. Bu arzumdan emindim.

Onun için yanlışlarımdan, hatalarımdan, kalbimdeki lekelerden korkmuyordum. Hatalı da olsam, kusurlarım, eksikliklerim çok da olsa, Tanrı içime sevgiye dair bir arzu koymuştu. Kalbimi sevgiyle doldurma arzusu. Bunun için buradaydım. İtalya'da iş aramak üzereyken, kendimi burada, Mevlânâ'nın sandukasının önünde bulmuşsam, bunun tek sebebi, Tanrı'nın içime bu arzuyu düşürmüş olmasıydı.

Ve inanıyordum, beni buraya getiren Tanrı, beni Mevlânâ'nın ruhuyla tanıştıracaktı, bundan şüphem yoktu. Ne kadar bilemiyorum, ama uzun bir süre bu duygularla Tanrı'ya yalvardım ve O'ndan bana Mevlânâ'nın ruhuna bir kapı açmasını istedim. Ve bir süre sonra içimde bir şeyler oldu. İçime, göğsüme derin bir hüzün doldu. Bunun sebebini anlayamıyordum. Eğer içime Mevlânâ'nın ruhu dolduysa, bu, içime sadece neşe, ışık ve sevgi getirmeli değil miydi? Ama durum öyle değildi, bir iki dakika içinde, derin bir hüzün kaplamıştı içimi.

Türbeden çıktım. Orada güneş batana kadar kalmaya niyetlenmiştim aslında, ama hüzün o kadar yoğundu ki, dışarı çıkmak zorunda kalmıştım. Anlam veremiyordum. Neden böyle hissettiğimi, bu hüznün nereden ve neden geldiğini hiç bilemiyordum.

O gece yatmak için, Mevlânâ'nın türbesini tam karşıdan gören pansiyondaki odama gittiğimde, hüzün hâlâ benimleydi. Sebebini ise ertesi sabah gördüğüm rüyaya kadar anlayamayacaktım.

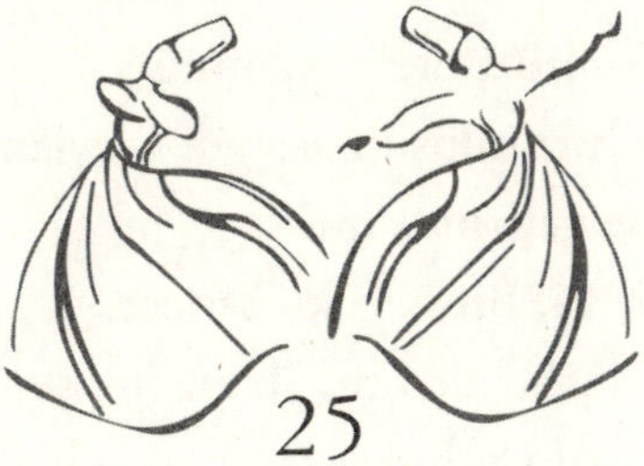

25

Rüyamda, bu yolculuğa çıkmama sebep olan kişinin bedenini gördüm. İsa'nın bedenini. Ama sanki o bedenin içindeki İsa değildi, Mevlânâ'ydı. Önünde karanlık bir deniz vardı. Deniz gece olduğu için karanlıktı, ama suyun bir kısmına, nereden geldiğini göremediğim bir ışık vuruyordu.

Sezgilerim, o bedenin içindeki kişinin Mevlânâ olduğunu söylüyordu, ama gözlerim ise, onun İsa olduğu konusunda ısrarcıydı. Gördüğüme inanmayı tercih ettim.

"İsa!" diye seslendim, elimi ona doğru uzatarak.

İsa'nın yüzünde şefkatli bir gülümseme belirdi ve şöyle dedi bana:

"Ben İsa değilim, ama yine de yanılıyor sayılmazsın, İsa ile aynı yerden geliyoruz biz."

İşte o anda şüphem kalmadı, karşımda İsa suretinde duran kişi Mevlânâ'ydı. Rüyada olduğum hâlde, Tanrı'dan beni onun ruhuyla tanıştırmasını istediğimi biliyordum. İçimi büyük bir sevinç kapladı. Dilimle değil, sanki bedenimin her zerresiyle bunun için şükrediyordum Tanrı'ya.

Ben o şükür ve coşkuyla doluyken, bir baktım, İsa'nın -yani Mevlânâ'nın- yüzü hüzünle kaplanmış.

"Neden böyle hüzünlüsün, sevgili Mevlânâ?" diye sordum. "Sevgi sadece neşe getirmez mi?"

Bir şey söylemedi. Bir iç çekti sadece.

"Ne olur, Mevlânâ," dedim, "bana her şeyi anlat, ben senin için buradayım, senin ruhunu tanımak için."

"Biliyorum, evladım," dedi. "Biliyorum. Lakin başkaları benim ruhumu tanımıyor, hüznüm bundandır."

"Tanımıyorlar mı?" diye sordum hayretle. "Yanılıyorsun, Mevlânâ, seni herkes tanıyor ve seviyor. Ben buna şahit oldum. Hem de çok seviyorlar seni."

Bakışlarını yere çevirdi. Sanki sözlerim onu teskin etmek yerine, hüznünü artırmıştı.

"Hayır," dedi. "Beni sevmiyorlar. Birini sevmek için onu tanımak lazım. Oysa onlar benim iç hâlimi tanımıyorlar. Bütün dünya ismimi bilse ne çıkar, kimse sırrımı, aslımı bilmedikten sonra."

İşte bu sözle uyandım. Ve uyanır uyanmaz, bir gün önce onun türbesinde hissettiğim ve bütün gün beni terk etmeyen hüznü hatırladım. O hüzün o andan itibaren artık benim için gelip geçici bir ruh hâli değildi. Kendim dâhil, Mevlânâ'yı, İsa'yı, Sufileri -daha doğrusu aşkı- anlamayan kimi görsem, kalbimin bir köşesinde o hüzün hemen canlanır ve kalbimi acıtmaya devam eder.

Mevlânâ'nın ruhuyla o şekilde tanışmak, onun hüznü, hüznüme hüzün katsa da, bu rüya sonrasında bir şeye karar vermiştim, tek tesellim buydu. Ben Mevlânâ'nın ismini değil, aslını bilecektim.

26

Tabii bu arada istikametimi kaybetmiştim. Kudüs'e gitmek üzere yola çıkmıştım, ama ayaklarım o yöne gitmiyordu artık. Aklım Mevlânâ'daydı, Şems'te ve bulamadığım Sufilerde.

Bir taraftan İsa'yı düşünuyor, onun işaret ettiği yönde yoluma devam etmek gerektiğine inanıyor, öbür yandan da burada Mevlânâ'yla kalmak, onun hüznünü giderebilecek bir şeyler yapmak istiyordum. Onun aslını bulmalıydım. Ama nasıl? Konya sokaklarına çıkıp, "Mevlânâ, onun aslınızı bilmenizi istiyor! Ben de onun aslını bilmek istiyorum! Gelin birbirimize yardımcı olalım!" diye bağırmak istiyordum. Ama bana deli diyeceklerinden ya da en azından ciddiye almayacaklarından emindim.

Türkiye benim için geçtiğim diğer ülkelerden farklı olmuştu. Dediğim gibi, yolculuğum boyunca her inanca açıktım. İnanayım, inanmayayım, hoşlanayım, hoşlanmayayım, geçtiğim her ülkede, karşılaştığım bütün insanların inancını dinliyor ve onlara uymaya çalışıyordum. Daha önce de söylediğim gibi, bu benim için bir inanç arayışı değildi, sadece kalbimi bütün insanlığa açmaktı.

Onun için Türkiye'ye gelene kadar yirmiden fazla din ve inanç sistemiyle tanışmıştım. Ama bunlardan hiçbiri kalbimde, Mevlânâ ve Şems'in yaptığı etkiyi yapmamıştı. Yaklaşık 750 yıl önce yaşayan bu iki insan, kendi dinlerine mensup olmayan bir kimse üstünde bir iki günde böyle etki bırakabiliyorlarsa, kim bilir günümüzde yaşasalardı ve ben onlarla beraber olsaydım, nasıl etki bırakırlardı?

İşte ziyaret ettiğim ülkeler arasında, Türkiye'nin farkı ve özelliği benim için bundan ibaretti. Burada kalbimin bu kadar etkilenmiş olması beni büyük bir ikilemin içine itmişti.

İsa'yı mı dinlemeliydim? Yoksa Mevlânâ'ya doğru çekilen kalbimi mi? Kudüs'e doğru mu devam etmeliydim, yoksa Mevlânâ'nın aslını bulmak için burada mı kalmalıydım? İşte ben, yönümü ve önümdeki günlerin nasıl olacağını belirleyecek bu sorunun cevabını ararken, rüyamda Mevlânâ'nın söylediği şeyi hatırladım.

"Ben İsa değilim, ama yine de yanılıyor sayılmazsın, İsa ile aynı yerden geliyoruz biz," demişti Mevlânâ.

27

Aradığım cevap, Mevlânâ'nın bu sözünde gizliydi. "Biz İsa ile aynı yerden geliyoruz."

Belki bunun için İsa suretinde görünmüştü Mevlânâ rüyamda. Ayrı olmadıklarını göstermek için. Bunu daha önce nasıl düşünememiştim. Bütün insanlığın, evrenin, Tanrı'nın birliğine inanan ben, özü sevgi olan bu iki insanı nasıl bir görememiştim? En azından aynı yerden geldiklerini?

Üstelik bu rüyaları bana gösteren Tanrı değil miydi? İsa'nın Tanrı'sı ile Mevlânâ'nın Tanrı'sı bir değil miydi? Birdi elbette. Beni İsa ile Kudüs'e doğru yürüten Tanrı, Mevlânâ ile burada durdurabilirdi. Hem İsa, "Son günlerimde yürüdüğüm yere doğru yürü," demişti, belki benden istediği varış noktası Kudüs'te değil, Kudüs yolu üzerinde bir yerdi, bu pek tabii mümkündü. Belki İstanbul'du, belki de Konya. Ama belki de gerçekten Kudüs'tü. Bunu o an için bilemiyordum. Ama bildiğim bir şey vardı. Benim için Mevlânâ ile İsa birdi. Özleri aynı özdü. Ruhları aynı kaynağa aitti.

Kim bilir, belki de Mevlânâ'nın aslını bilmek buydu. Onun ruhunun kaynağını bulmak.

28

Konya'da günler geçiyor, ben hâlâ ne yapmam gerektiğini bilemiyordum. Ama bana bu rüyaları gösterenin, içime İsa'nın, Mevlânâ'nın, Şems'in sevgisini koyanın Tanrı olduğunu bildiğim için, O'ndan yardım bekliyordum. Bana bir işaret göndermesi için O'na yalvarıyordum. Konya'da mı kalmalıydım, yoksa Kudüs'e doğru yürümeye devam mı etmeliydim?

Bana doğru yönü göstermesi için, Mevlânâ'nın ve Şems'in türbesinde saatlerce yalvardım Tanrı'ya. Ve işte, bu yakarışlarımın cevapsız kaldığını düşündüğüm, bedenimi yorgun hissettiğim bir akşamüstü, Şems'in türbesinin bahçesindeki bir ağacın gölgesinde sızmışım.

Akşam ezanından hemen önce türbe görevlisinin dürtüklemesiyle uyandığımda, yüzümde bir tebessüm vardı. Tanrı yakarışlarıma, gördüğüm rüyayla cevap vermişti.

Rüyamda bir ses duyuyorum. Sesin kime ait olduğunu bilmiyorum, ama ses sanki dışarıdan değil, içeriden geliyor, içimden. Ve rüya sırasında içime öyle doğuyor ki, bu ses, Şems'in türbesinde, Şems ile benim birleştiğimiz kişiye ait.

Şöyle diyor ses:

"Yedi tepeli şehre git. Ulu tepeye çık. Musa'nın sözünü dinle."

Musa'nın sözü neydi bilemiyordum. Ulu tepe nedir, neresidir, onu da bilmiyordum. Ama yedi tepeli şehrin neresi olduğunu on gün önce oradayken öğrenmiştim. Artık bir istikametim vardı ve bu, şu an için fazlasıyla yeterliydi.

Türbeden ayrıldım ve bilet almak üzere tren garına gittim. İlk trenle o yedi tepeli şehre, İstanbul'a dönecektim.

29

İşte, Konya'da benim için ön plana çıkan şeylerin sonuncusuydu bu rüya. Ve beni İstanbul'a döndürmüştü. Bazen ilerlemek için geri dönmeniz gerekebilir, bu geriye gitmek demek değildir. Ben de bütün kalbimle, bu geri dönüşle aslında yolculuğumda ilerlediğimi hissediyordum.

İstanbul'daki ilk günlerimi, rüyamda bahsi geçen tepe hakkında bir şeyler sorarak geçirdim. Ulu tepe diye bir yer olup olmadığını sordum. Böyle bir yer olmadığını söylediler. Ama birkaç gün sonra, Muhteşem Süleyman döneminde yaşamış büyük bir Sufi olduğunu öğrendiğim ve bunun için ziyaret ettiğim Yahya Efendi'nin türbesinde aradığım cevaba ulaşmıştım.

Oraya benim gibi ziyaret amacıyla gelmiş bir gence, İstanbul'da ulu, kutsal olarak bilinen bir tepe olup olmadığını sorduğumda, genç, aradığım yerin Yuşa Tepesi olabileceğini söyledi. Söylediğine göre, Hz. Yuşa, İstanbul'da gömülü olan tek peygamberdi ve bu tepe yüzyıllardır ziyaret ediliyordu.

Bunun üzerine oraya nasıl gidebileceğimi sordum ve o da büyük bir sabırla, benim anlayacağım şekilde tarif etti. Ve ben de hemen yola düştüm.

Önce vapurla Asya yakasına geçtim, sonra otobüsle tepenin eteklerindeki semte kadar geldim. Ama tepeyi yürüyerek, yaklaşık bir buçuk saatte çıktığım için, tepenin zirvesine varmam, akşamüstünü buldu.

Yuşa Peygamber'in kabrinin olduğu yere doğru yöneldim. Ama daha onu ziyaret etmeden, kabrin girişinde, hem Türkçe, hem İngilizce yazılı olan söz gözüme takıldı. Kutsal kitaptan bir ayetti bu. Şöyle yazıyordu:

"Hani Musa, gence şöyle demişti: *Ya iki denizin birleştiği yerde duracağım ya da uzun bir süre yürüyeceğim.*"

30

Böyle bir rüya ve ardından Yuşa Tepesi'nde karşılaştığım bu söz... İlk gördüğüm an, tüylerim ürpermiş, içim titremişti. Gerçekten Tanrı benimle ilgileniyor, bana yol gösteriyordu. Böyle hissetmiştim. Beni her an izliyor, hatta bu yolu benimle birlikte yürüyordu. Her adımını.

Bu sözle karşılaşınca böyle hissetmem, bana, daha önce söylediklerime aslında inanmadığımı gösterdi. Yıllardır söylediğim sözlere, ailemden ya da kilisede duyup tekrarladığım, inandığımı zannettiğim şeylere aslında inanmamışım.

Tanrı her şeyi görür, derdim. *Her şey Tanrı'nın elindedir. Tanrı merhametlidir, bizimle ilgilenir, bize yol gösterir*, derdim. *Bin bir yolla bize sevgisini sunar*, derdim. İşte yıllarca belki de yüzlerce kez tekrarladığım, inandığımı söylediğim bu şeylere gerçekten inanmış olsaydım, Yuşa Tepesi'nde bu kadar şaşırır mıydım?

İşte bu durum, bana şu gerekliliği hissettirdi. Söylediklerimize dikkat etmeliydik. Dilimizden çıkanlar kalbimize işlemiş miydi? Yoksa sadece konuşuyor muyduk? Dilimiz kalbimize yerleşmiş bir manayı, bir hissi mi ifade ediyordu, yoksa süslü kelimeleri birbiri ardına sıralamakla mı meşguldü?

Ben bugüne kadar dilimden çıkanlara gerçekten inanmış olsaydım, o gün Yuşa Tepesi'nde o kadar şaşırmazdım, bu bir gerçek.

Beni bu yola iten, buraya kadar getiren Tanrı değil miydi? Motor kazası, helikopter yolculuğu, hayatta kalmam, kalbime koyduğu arzu, İsa'nın rüyası ve buraya gelene kadar karşıma çıkan onca olay, onca kişi... İşte bütün bunlar Tanrı'nın planının bir parçası değil miydi?

Buna yürekten inanıyordum. O hâlde, Yuşa Tepesi'nde gördüğüme neden bu kadar şaşırmıştım ki? Bu yolculuğa Tanrı'ya güvendiğim, O'nun yol göstereceğine inandığım için çıkmıştım. Öyleyse, O bana yol gösterip güvenimi boşa çıkarmadığında, şaşırıp hayret etmem son derece yersiz değil miydi?

31

"Hani Musa gence şöyle demişti: *Ya iki denizin birleştiği yerde duracağım, ya da uzun bir süre yürüyeceğim.*"

Bu sözün kalbimde uyandırdığı his şuydu. İki denizin birleştiği yerde, yani İstanbul'da durmam gerekiyordu.

Rüyamdaki ses, "Musa'yı dinle," demişti ve ben de onu dinleyecektim. İstanbul'da duracaktım. Yoksa yürüyüşüm, arayışım uzayacak ve belki de hiç sonlanmayacaktı. Oysa Musa, "iki denizin birleştiği yerde durmayı" o uzun yürüyüşe bir alternatif olarak sunuyordu. O hâlde, aradığım burada olmalıydı. İstanbul'da.

Böylece ben, Kudüs'e gitmek yerine, yedi tepeli şehirde kalmaya karar verdim. Ve şimdi, hayatımın şu son günlerinde geriye dönüp baktığımda, ne kadar doğru bir karar verdiğimi görüyorum.

32

İşin şaşırtıcı yanı -aslında belki de hiç şaşırtıcı olmayan yanı- Tanrı bana yol gösterirken dört farklı dinin temsilcilerini kullanmıştı. Önce Hristiyanlığın peygamberi, sonra bir Şaman, sonra Islam Sufileri ve sonra Museviliğin peygamberi...

Bunu ilk anda benim bütün insanlığın birliğine olan inancıma yormuştum. Özde birdik ve Tanrı hepimizin Tanrı'sıydı, O'na inananların ve inanmayanların. Tanrı benim için, benim ruhuma uygun bir yol çizmiş olmalıydı. Hatta sadece bu dört dinin değil, yolculuğum İstanbul'da son bulana kadar, onlarca dinin öğretisinden istifade ederek yürümüştüm bu yolu.

Ama çok geçmeden bir şey fark ettim. İsa "Hristiyanlığın peygamberi" değildi aslında. Üniversite yıllarımda aldığım bir dersi hatırlamıştım. Dersin adı, "Hristiyanlığın Kaynağı" idi. Ders, klasik Hristiyanlık ya da onun doktrinleri üzerine bir ders değildi. Hristiyanlığın ilk ortaya çıkışını ve Hz. İsa'nın çevresindeki ilk inananları konu alıyordu. O derste şunu öğrenmiştik. Hz. İsa bir Yahudiydi. Yahudi olarak dünyaya gelmiş, "Musa'yı takip edin," demiş, bunun yanında, Hz. Musa'nın getirdiği kurallara ve anlayışa, devre göre eklemelerde bulunmuştu.

Bugüne kadar birçok araştırmayla kanıtlanan ve hiçbir teoloji uzmanının itiraz etmediği bir gerçek vardı. O da, Hz. İsa, Hz. Musa'nın getirdiği dinden başka bir din getirmiyordu. Onun Tanrı'sı, Hz. Musa'nın Tanrı'sıyla aynıydı. Hatta demin de dediğim gibi, Hz. Musa ile aynı dine mensup bir Yahudiydi.

Ve sonra, gözden kaçırdığım şu gerçeği fark ettim. Benim ilk anda Museviliğin peygamberi olarak değerlendirdiğim Hz. Musa'nın, Yuşa Tepesi'nde okuduğum sözü, İslamın kutsal kitabından alınmıştı. O hâlde, o kitabı getiren Hz. Muhammed'in Tanrı'sıyla Hz. Musa'nın Tanrı'sı da aynıydı. Dolayısıyla, ikisinin dini birbirinden farklı değildi. Sadece başka devirlerde, başka toplumlarda ortaya çıktığı için başka bir yüzle görünmüştü. Ama sonuçta ikisi de aynı dindi. Tıpkı Hz. İsa'nın dini ile Hz. Musa'nın dininin aynı olması gibi.

Çünkü din bir amaç değil, bir araçtı. İnsanı özüne götüren, ona, kendini ve özündeki varlığı, Tanrı'yı tanıtan bir araç. Amaç, kendini ve Tanrı'yı tanımak, özündeki sonsuz sınırsız ışığa ve sevgiye kavuşmaktı. Amaç aynıydı, ama araç devrin şartlarına göre değişim gösterebilirdi.

İşte, farklı devirlerde farklı bir yüzle görünse de, aslında tek bir din vardı. Çünkü tek bir Tanrı, tek bir hakikat vardı. Ve Tanrı'nın elçileri o tek dini farklı devirlerde, farklı toplumlara, o devrin ve toplumun karakterine uyacak şekilde anlatmışlardı. Ama bütün elçiler birbirlerini kabul etmiş, aynı Tanrı'nın mesajını ilettiklerini birçok kez vurgulamışlardı. Tıpkı Hz. İsa'nın, "Musa'yı dinleyin," demesi gibi. Tıpkı Hz. Muhammed'in, "Ben Hz. İbrahim'in dinindenim," diyerek, bütün elçilerin dininin aynı din olduğunu vurgulaması gibi.

Dinlere farklı isimler veren Tanrı ya da O'nun elçileri değildi. Elçileri takip ettiğini söyleyen, ama ne yazık ki dinlerini zamanla deforme etmiş insanlardı.

Hz. İsa'nın Yahudi olması ve "Musa'yı takip edin," demiş olması, beni etkilemişti. Dinlerin birliğine inancımı doğruluyordu.

O dersi alan öğrenciler farklı dinler olduğu konusunda önceden o kadar şartlanmışlardı ki, bazısı bu teolojik ve tarihi gerçeğe inanmakta tereddüt etmişti. Örneğin, cevabı derste zaten açıklanmış olmasına rağmen, yanımda oturan Mateo yine de el kaldırıp şu soruyu sormuştu:

"Tek bir din varsa, neden bütün dinler birbirinden çok farklı görünüyor?"

"Senin bebeklik fotoğrafın var mı, Mateo?" diye sormuştu ona hocamız.

"Evet," demişti Mateo, yüzünde, *bu soru da nereden çıktı şimdi*, diyen bir ifadeyle.

"Peki çocukken çekilmiş bir fotoğrafın var mı?"

"Tabii ki var..."

"Peki yeni çekilmiş bir fotoğrafın var mı?"

"O da var."

"Bir de benim için yaşlandığında bir fotoğraf çektirirsin, olur mu? 75 yaşındayken mesela."

"Tabii hocam, memnuniyetle," demişti Mateo, gülümseyerek.

"Şimdi bütün bu resimleri, bebeklik, çocukluk, gençlik ve yaşlılık fotoğraflarını gözünün önüne getir. Birbirlerine benziyorlar mı? Yoksa çok farklı mı görünüyorlar?"

Cevabı Mateo da biliyordu, bütün sınıf da. Soruyu cevaplamaya gerek duymadı Mateo.

"Birbirlerinden çok farklı görünüyorlar, değil mi?" dedi hocamız. "Ama hepsi Mateo. Hepsi aynı kişi. İşte dinler de böyledir. Farklı zamanlarda farklı bir görünüme sahip olsalar da, aslında hepsi aynı din. Adını ne koyarsanız koyun."

İşte sonradan anladığım buydu. Tanrı bana farklı dinlerin temsilcileriyle yol göstermemişti. O tek dinin, Kendi dininin temsilcileriyle yol göstermişti. Ve bunu fark etmemi sağladığı için O'na minnettardım. Çünkü kalbimin birkaç parçaya bölünmesine gerek yoktu artık. Hz. Musa, Hz. İsa, Hz. Mevlânâ, Hz. Şems, Hz. Muhammed hepsi aynı dine mensuptu. Hepsinin geldiği yer birdi.

Yıllar sonra, Kuran'da, bu bakışımı doğrulayan şu ayetle karşılaştım:

"Allah'ın peygamberlerinden hiçbirini diğerinden ayırmayız."

Peygamberler elçiydi sonuçta. Ve bir elçi -elçi kelimesinin anlamı itibariyle- gönderildiği kişi veya kişileri değil, kendisini göndereni temsil eder. O yüzden, ne Hz. İsa, Hristiyanları, ne Hz. Musa, Musevileri, ne de Hz. Muhammed, Müslümanları temsil ediyordu. Onlar, kendilerini göndereni temsil ediyorlardı yalnızca. Ve onları gönderen de birdi.

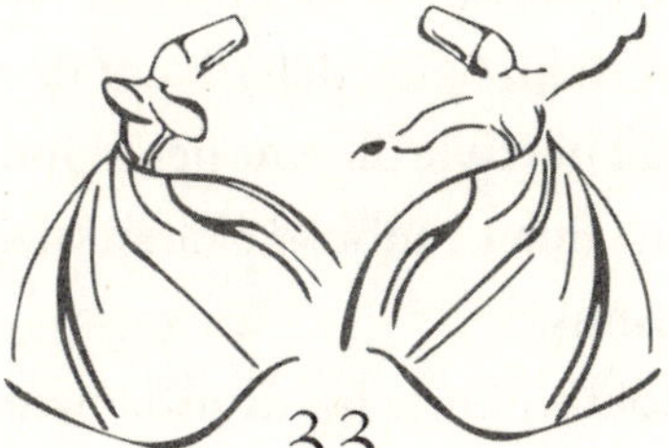

33

İki denizin birleştiği İstanbul benim için konaklama yeri olarak seçilmişti ve kalbim bundan hoşnuttu. Masmavi boğazı, tepeleri ve en önemlisi içime işleyen ruhuyla, bu şehrinde yaşamaya hazırdım.

Benim için, bir, aylar önce çıktığım yolculuğumun parçası olan İstanbul vardı, bir de, kalıcı olacağım İstanbul. Hem aldığım işaret, hem sezgilerim, bu şehrin benim için yolculuğum üzerindeki bir güzergah olmaktan öte bir anlamı olduğunu söylüyordu. Burada kalmalı, burada yaşamalıydım.

Ama o zaman bunu yapacak imkânım yoktu. Bu şekilde yaşamayı ancak kısa bir süre daha sürdürebilirdim. Ve kalabileceğim kadar kalacaktım da. Çünkü aradığım şeyi nerede aramam gerektiğini bulmuştum, ama henüz aradığımı bulamamıştım. İşte bu sebeple, tükenmek üzere olan param yettiği ve geceleri geçirebileceğim uygun yerler bulduğum sürece burada kalmaya devam edecektim. İleride, imkânım olunca da, mutlaka bu şehre yerleşecek ve bir İstanbullu olacaktım.

İşte, bir gün yerleşmek üzere dönmeyi aklıma koyduğum İstanbul'da, yirmi dokuz gün daha kaldım. Ve sonra ailemin gönderdiği bir uçak biletiyle ülkeme geri döndüm. Aylar süren, hedefi Kudüs olan, ama İstanbul'da karar kılan bu yolculuğum böylece tamamlanmıştı.

O son yirmi dokuz günde İstanbul'da ne mi yaptım? Oraya ne için geldiysem onu. Aradım. Mevlânâ'nın ismini değil, aslını bilebilmek için, o yirmi dokuz günün her birinde, onun yaşadığı aşkı bilenleri aradım.

34

İstanbul'da geçirdiğim o günler, içimi bir kez daha Mevlânâ'nın hüznüyle doldurdu. Buna hüzün demiyorum, "Mevlânâ'nın hüznü" diyorum çünkü bu hüzün, aşktandı.

Mevlânâ bizi izliyordu, dünyayı izliyordu ve biliyordu ki, o bu dünyadan gittikten sonra yüzyıllar boyunca ismi saygı ve sevgiyle anıldı. İsminin ve eserlerinin bütün dünyaya yayıldığını, dünyanın dört bir yanında, her milletten, her dilden, her kültürden insanın ona büyük bir sevgi beslediğini, milyonlarca insanın kalbinde çok özel bir yer edindiğini biliyordu. Ama bunları önemsemiyordu Mevlânâ. Bilinmek, mutluluktan çok, hüzün getiriyordu ona.

Çünkü insanlar onun ismini, kitaplarını, yaşam öyküsünü biliyorlar, ama kalbinin içindekini bilmiyorlardı. Onun aradığını aramıyorlar, onun bulduğunu bulmuyorlardı. Onun sarıldığı aşka sarılmıyorlardı. Onun birlediğini birlemiyor, onun birleştiğiyle birleşmiyorlardı.

Adına, Doğu'da ve Batı'da, üniversitelerde kürsüler kurulduğunu, bugüne kadar yüz milyonlarca insanın onun sözlerini okuduğunu biliyordu. Belki bu daha çok hüzünlendiriyordu onu. Çünkü onu anlamıyorlardı. Onu anlamak, onun bulduğunu bulmaktı.

Hayır, anlaşılmak derdinde değildi. Sadece insanların da, kendisi gibi, içlerinde taşıdıkları o hazineye erişmelerini istiyordu. İçlerindeki o sonsuz ışığa, o sonsuz sevgiye kavuşmalarını.

Çünkü onun hayatı bundan ibaretti. Eserlerini kendisi için yazmamıştı. Adı bütün dünyaya yayılsın, hep sevgiyle, saygıyla anılsın diye yazmamıştı. Benliğin karanlıklarında kendini arayan yolcuyu, içindeki hazineye götüren bir fener olsun diye yazmıştı. Kalplere o hazinenin haritasını bırakmak, içimize, o hazineyi arama şevki düşürmek için yazmıştı.

Ve hazineye giden yolun sevgiden, aşktan geçtiğini söylemişti. Bütün sözlerinin özü buydu. Ama en önemlisi, onun hayatı sözlerden ibaret değildi, bir yaşayıştan, bir tadıştan ibaretti. Çünkü hazine, güzel sözler söyleyerek, güzel sözler dinleyerek bulunmuyordu, yaşayarak, hazineye götüren yolu yürüyerek bulunuyordu. Bu yol, kalbî bir yoldu, aklî değil. Düşünceyle değil, sevgiyle yürünen bir yoldu.

İşte, belki de onun hayatını ezbere bilenler onu bunun için anlayamıyorlardı. Çünkü Mevlânâ'nın kalp ile eriştiğini, kalp ile tattığını, akılla anlamaya çalışıyorlardı. Kalbi ve içindeki sonsuzluğu, akıl nasıl kavrayabilirdi ki?

Mevlânâ işte bunun için hüzünlüydü. Bizi sevdiği, bize aşk duyduğu, ama aşk duyduğu bizlerin, onun bulduğunu bulamadığımızı, onun bildiği Aşk'ı bilemediğimizi gördüğü için.

İstanbul'daki son günlerimde işte ben de bu yüzden Mevlânâ'nın hüznüne sahiptim. Mevlânâ'nın bildiği aşkı bilenleri göremediğim, bulamadığım için.

35

Kalıcı olacağım İstanbul'a ise tam 17 sene sonra dönecektim. Kalıcı olacağım diyorum, bu tabiri hem fiziksel, hem de ruhani anlamda kullanıyorum. Bu dünyadan gittikten sonra bedenimin gömüleceği yer şimdiden hazır. Yuşa Tepesi'nin eteklerinde küçük bir mezarlık. Ruhum ise, söylemeye gerek yok, hep İstanbul'da olacak. Çünkü ben, Mevlânâ'nın bildiği aşkı burada tattım.

Hayat bir tahterevalliye binmek gibi. İç dünyamız da bunun istisnası değil. İşte iç dünyamın "yukarı" ve "aşağı"larını bir kâğıda çizdiğimde, tahterevallinin oturağı, çocukluk yıllarımda şahit olduğum o sevgiyle yükseliyor ve sonra bir aşağı, bir yukarı gidiyor. İlk gençlik yıllarımda aşağı, sonra geçirdiğim kaza ve o helikopter yolculuğunun sonrasında tekrar yukarı, kalbimi bulanıklığa sürükleyen Ios dönemiyle aşağı, gördüğüm rüya ve Kudüs yolculuğuyla tekrar yukarı, yolculuğumu tamamlayıp eve döndükten sonra ise tekrar aşağı...

İşte aşağıda olduğum bu son dönem biraz uzun sürdü. Tam aradığımı bulmak üzere olduğumu düşündüğüm bir anda, başka bir karmaşanın içine çekilmiştim. Bu karmaşayı en iyi, o meşhur "öğrenilmiş çaresizlik" kavramı ve deneyiyle ifade edebilirim ancak. Ama benim öğrenilmiş çaresizliğim dış dünyayla değil, kalbimle ilgiliydi.

İtalya'ya döndüğümde, kendimi, hayatımı kazanmaya vermiştim. Bunda hiçbir sorun yoktu. Çünkü çalışmak, geçimini kazanmak, yaşam mücadelesi vermek, içsel yolculuğun dışında kalan bir şey değildir, bilakis onun parçasıdır. Çalışmak ve mücadele etmek kadar kalbe iyi gelen az şey vardır.

İstanbul'dan döndükten sonra hayatımı kazanabilmek ve bir gün o şehre ebediyen dönebilmek için ben de kendi adıma büyük bir mücadele verdim. O zamanlar, resim yaparak geçimimi sağlayabileceğimi bilmiyordum. Belki de, sonradan insanların rağbet göstereceği resimler içimde yoktu o zamanlar ya da ruhumun bir köşesinde gizliydiler. İşte bu yüzden, ben de, her üniversite mezunu genç gibi hayata atıldım. Mastır diplomam vardı. Uluslararası bir şirkette iş buldum ve böylece on yedi yıl sürecek iş hayatım başlamış oldu.

Eminim ki, çalışma arkadaşlarım ve patronlarım, beraber çalıştıkları takım elbiseli, kravatlı bu sessiz adamın, bir zamanlar saatte 300 km hızla yarışan bir motosiklet yarışçısı, yaz geceleri Ios plajlarında uyuyan bir hippi, Bologna'dan Kudüs'e yürümek için yola çıkan bir seyyah, Rûmî'nin ruhuyla irtibata geçen bir hakikat yolcusu, rüya ve kutsal kitaplardan aldığı işaretle İstanbul'a yerleşmek isteyen bir maceraperest olduğundan habersizdiler. Çünkü bu yaşadıklarımın hiçbirini, on yedi yıllık iş hayatım boyunca kimseye anlatmadım.

Bunun birkaç sebebi vardı. Birincisi, bunlar benim özelimdi. Çünkü hepsi içimle ve Tanrı'yı arayışımla ilgiliydi. Ve böyle konular, sohbet vesilesi yapılacak konular değildir. Bizimle Tanrı arasındadır. Bize ait bazı şeyleri sadece O'nun bilmesi yeterlidir.

Sebeplerden biri de, bu yaşadıklarımı anlatarak kendimi başkalarından farklı bir yere konumlandırmak istemiyordum. Çünkü insan benliğinin -Sufi tabiriyle "nefsin"- kendini farklı hissetme düşkünlüğünü biliyordum. Benim hayattaki hedefim ise tam tersiydi. Kendi benliğimi öne çıkarmak değil, geride tutmak. Kamçılamak değil, dizginlemek.

Yaşadıklarımı anlatmamamın bir başka sebebi ise, insanların beni anlamayacak olmalarıydı. İnsanların dış dünyaya bu kadar odaklandıkları bir zamanda, iç dünyada yaşanan bir serüveni anlamak o kadar kolay olmayabilir. Üstelik ben kendimi halen bir yetişkin gibi hissetmiyordum. Takım elbiseli, kravatlı olabilirdim, her sabah tıraş olup, insanların kendilerini çok önemli hissettikleri toplantılara katılabilirdim, ama bana sorsan, halen bir çocuktum. Hayal dünyam, arzularım ve hayata bakışım bir çocuğunki kadar taze ve düşseldi.

Kim bilir belki de, Saint-Exupéry'nin düştüğü duruma düşmekten korkuyordum ben de. Fil yutmuş boa yılanı resmi gördüklerinde onu şapka sanan yetişkinlerin, benim hayat serüvenimi anlayacaklarından şüphelerim vardı.

Ama şu da bir gerçekti ki, iş yerimde bir Mevlânâ, bir Şems ya da onun gibiler olmuş olsaydı, kuşkusuz onlara her şeyi anlatırdım.

36

Dediğim gibi, çalışma hayatım ve sonradan kurduğum aile -eşim ve kızım- bunların hiçbiri içsel yolculuğuma engel değildi. Bilakis, benim iç dünyamı genişletiyorlardı. Çünkü iç dünyamız ancak sevgiyle genişler ve ben ailemi de işimi de seviyordum. Gerçi daha sonra eşim benden, İstanbul'a yerleşmek istediğim için ayrıldı ve kızımla birlikte İtalya'da kaldı. Sonra da eşimin ailesi İspanya'da olduğu için oraya yerleştiler.

İşin doğrusu, evlenmeden önce, ileride İstanbul'a yerleşme planımdan eşime bahsetmiş ve ona bunun onun için bir sorun teşkil edip etmediğini sormuştum. O da, "Senin için bu kadar önemliyse, elbette gelirim," demişti. Ama zaman bazı şeyleri değiştirebiliyor, sevgili dostum. Bizim için de öyle oldu. Ve böylece, İstanbul'a yerleşme vakti gelince, biz ayrıldık.

Bu arada, "işimi seviyordum" ifademe de bir not düşmek isterim. İşimi, yaptığım şeylerden dolayı sevmiyordum. Onu, beni 17 yıl boyunca hep taze kalan hedefime ulaştıracak bir vasıta olarak gördüğüm için seviyordum. Bir gün bir İstanbullu olmamı sağlayacağı için. Çünkü bir şekilde hissediyordum ki, ruhum, kalbim ancak İstanbul'da sükunet bulacaktı. Onun ötesinde, bunun, Tanrı'nın benim için dilediği şey olduğunu hissediyor, bu dünyada O'na kavuşmamın İstanbul'da gerçekleşeceğine inanıyordum.

Tabii içsel yolculuğumu, manevi arayışımı, İstanbul'a yerleşeceğim zamana kadar ertelemedim. Tanrı sadece İstanbul'da değildi, Bologna'daydı, Roma'daydı, yeryüzünün her yerinde, bulunduğumuz her yerde mevcuttu. Bir sözünde şöyle diyordu:

"Yere göğe sığmadım, kulumun kalbine sığdım."

İşte o yüzden, O, her an bizimleydi. Ama peki ya biz O'nunla mıydık? Sorun buradaydı.

Ben İtalya'dayken bunu yapmaya çabaladım. Yuşa Tepesi'nde aldığım işareti takip edebilecek imkâna kavuşana dek, gücüm yettiğince Tanrı'yı hissetmeye çalıştım. Ama neden yalan söyleyeyim, çok başarılı olamadım. Çünkü O her an her yerde benimle olduğu hâlde, O'ndan daha net hissettiğim biri daha vardı. Kendim.

Benliğim, Özbenliğimle aramda bir perdeydi ve ben bu perdeyi nasıl kaldıracağımı bilmiyordum. Bu arada, Sufizm başta olmak üzere, mistisizm ile ilgili birçok kitap okumaya başlamıştım. Ayrıca tüm kutsal kitapların tercümelerini de okumuştum. Okuduklarım arasında, şu ayet kalbimi özellikle etkilemişti:

"Her ne yöne dönersen dön, Allah'ın yüzünü görürsün."

Buna yürekten inanıyordum. Bunun bir hakikat olduğunu biliyor, ama bu hakikati göremiyordum, Tanrı'nın yüzünü göremiyordum. Başka şeyler görüyordum, insanlar, arabalar, dükkânlar, masalar, dağlar, taşlar, sokaklar. Yüzümü, bakışımı çevirdiğim her yerde O'nu görmek istiyor, ama ne kadar çabalarsam çabalayayım, bunu başaramıyordum.

Sonra büyük Türk Sufisi Yunus Emre'nin dizeleriyle tanıştım. Sanki o dizeler söz değildi, sanki canlıydılar ve kulağımdan önce kalbime ulaşıyor, kalbime zıpkın gibi saplanıyorlardı. Tanrı'nın yüzünü görmek üzerine şöyle demişti Yunus Emre:

"Kaldır kendini aradan, ortaya çıksın Yaradan."

Düşünsel anlamda, aradığım cevabı veriyordu bu söz bana. Tanrı'yı görmek, kendi benliğinden vazgeçmekle mümkündü. Ama peki bunu nasıl yapacaktım? Kendi benliğimi nasıl aradan çekecektim? Okuduğum kitaplarda -özellikle Mevlânâ'nın eserlerinde- bu sorulara cevaplar yok değildi, vardı ama bunları hayatıma geçirmem bir türlü mümkün olmuyordu.

Kendi benliğim Allah ile aramda perdeydi ve ben o perde yüzünden Allah'ın yüzünü göremiyordum. Ne yaparsam yapayım, bu perdeyi aradan çekemiyordum. Ve bu durum beni günbegün, daha önce bahsettiğim "öğrenilmiş çaresizliğe" sürüklüyordu.

Bir sonraki bölümde sana bunu açıklamak istiyorum. Kalbimin çaresizliği nasıl öğrendiğini.

37

Öğrenilmiş çaresizlik kavramını ve onun meşhur deneyini bildiğini tahmin ediyorum, sevgili dostum, ama yine de çok kısaca bahsedeyim.

Köpekbalığı olan bir havuzu, köpekbalığı bir tarafta kalacak şekilde cam ile ikiye ayırıyorlar. Ve ardından, havuzun boş olan yarısına yem koyuyorlar. Aç bırakılan köpekbalığı yeme doğru geliyor, ama her seferinde aradaki cam bariyere tosluyor. Defalarca deniyor, yemin kokusunu alıyor, yemi görüyor, ama ona ulaşmak istediği her seferinde cama tosluyor. Tabii bu canını acıtıyor.

Bu engele takılma olayı yeteri kadar tekrarlandığında, köpekbalığı yeme ulaşma konusunda çaresiz olduğunu öğreniyor. Belli bir süre sonra, havuzu ikiye bölen cam bariyer deneyi yürütenler tarafından kaldırılıyor ve böylece köpekbalığı ile yem arasında hiçbir engel kalmıyor.

Ama köpekbalığı yeme ulaşmanın imkânsız olduğunu defalarca engele toslayarak öğrendiği için, artık yeme doğru gitmiyor. Yanına bile yaklaşmıyor. Tek kelime ile ifade etmek gerekirse, vazgeçiyor. Çünkü her seferinde engele çarpmak ona yeme ulaşmanın imkânsız olduğunu öğretmiş oluyor. Sonradan yeme ulaşmak mümkün hâle gelse bile, cam bariyer değil, ama tecrübe ederek öğrendiği "imkânsızlık" fikri, onu denemeye devam etmekten, dolayısıyla hedefine ulaşmaktan alıkoyuyor.

İşte, bu deneyi ilk okuduğumda, kendimi ve iç yolculuğumu düşündüm. Seneler boyunca Tanrı'nın ışığına yönelen, ona ulaşmak isteyen kalbim, her seferinde benlik -ya da nefs- engeline takılmıştı. Ve kalbim, nefs engeline toslaya toslaya sonunda Tanrı'nın ışığına ulaşmanın imkânsız olduğunu öğrenmişti.

Ama köpekbalığının yanıldığı gibi, ben de yanılıyordum. Bir an gelecek ve o nefs engeli aradan kalkacaktı, yeter ki kalbim vazgeçmesin, yeter ki denemeye devam etsin. Kalbimi, Tanrı'nın ışığına ulaşmaktan alıkoyacak tek şey vardı, o da, bunun imkânsız olduğuna inanması.

O yüzden, kalbim hedefine giden yolda nefsime ne kadar toslarsa toslasın, çaresizliği öğrenmemeliydi. Çünkü hiçbir şey imkânsız değildir. Bir şey, onun imkânsız olduğuna inandığımız zaman imkânsız olur ancak.

Ve sonra, geçmişte yaşadıklarımı düşündüm, başkalarının yaşadıklarını düşündüm. Bizi, hedef ve hayallerimizi gerçekleştirmekten alıkoyan şey, önümüzdeki engeller değil, çaresizliği öğrenmemizdi. Hedeflerimize giden yolda defalarca başarısızlığa uğradığımız, defalarca hayal kırıklığı ve acı yaşadığımız için, sonunda denemekten vazgeçmemizdi.

Hayatımın bu on yedi senelik bölümünde ben de birçok kez vazgeçme noktasına gelmiştim. Özellikle içsel yolculuğum ve manevi hedefim konusunda. Denememek ve dolayısıyla acı çekmemek, kolay ve cazip olandı. Ama sonra, bu deney bana ışık tuttu ve vazgeçmediğimiz sürece hiçbir şeyin imkânsız olmadığını bir kez daha hatırlattı.

Ne yazık ki bu deneyden, biraz geç, İstanbul'a temelli yerleşmeden bir yıl önce haberdar olmuştum. Sözümü geri alıyorum. "Ne yazık ki" dememeliyim; her şeyin bir zamanı var ve her şey olması gerektiği zamanda oluyor. Belki bu deneyden daha önce haberdar olsaydım, benim için bu kadar anlamlı olmayacaktı. Üstelik, hedefimi gerçekleştirme konusunda iyice kırılan şevkimi tam zamanında canlandırmış, bana İstanbul'a taşınma öncesinde güç vermişti. Hayat, hiç bir zaman "ne yazık ki" dememem gerektiğini bana defalarca gösterdi aslında. Türklerin dediği gibi, "Her işte bir hayır vardır."

Bir Sufinin şu çok sevdiğim dizeleri bunu en güzel şekilde açıklıyor sanırım:

"Deme şu niçin şöyle,
Yerincedir o öyle.
Bak sonuna sabreyle.
Mevla görelim neyler,
Neylerse, güzel eyler."

38

Evet, İstanbul'a yerleşene kadar geçen bu uzun dönemde, iç dünyama tekrar karmaşa hâkim olmuştu. Bunun sebebi, anlattığım şeydi. Öğrendiklerimi bir türlü yaşayamamak ve bununla gelen öğrenilmiş çaresizlik.

Ama bu karmaşa dönemi kesinlikle kayıp bir zaman değildi. Tam tersine beni durulma dönemine hazırlıyordu. Deniz durulmadan önceki fırtınaydı bir anlamda. Bu fırtınalı dönemde, aile kurmuş, gerekli maddi imkâna kavuşmuş ve öğrenmem gerekenleri öğrenmiştim.

Durgun deniz, ışıldayan güneş, bulutsuz hava, yaz, bunlar güzel şeylerdir. Ama dünyanın devamı için, fırtınaya, gri bulutlara, yağmura ve kışa da ihtiyaç vardır. Bu durum, iç dünyamız için de geçerlidir.

İşte, iç dünyam için, bir çırpıda geçen bu on yedi sene, beni yaza hazırlayan kıştı bir bakıma.

39

Bu "kış" döneminde çok okudum. Özellikle Sufizm hakkında. Ve bu dönemde, dilime, "Sufizm" kelimesi yerine "tasavvuf" kelimesi yerleşti ve ben de, izninle, bundan sonra bu kelimeyi kullanacağım.

Bir kelime daha değişime uğradı. "Tanrı" yerine "Allah" kelimesini daha çok kullandığımı fark ettim. Bunun sebebi sanırım, Mevlânâ ve Şems ile ilgili olanlar başta olmak üzere, yoğun olarak okuduğum tasavvuf kitaplarında Allah kelimesinin kullanılmasıydı.

Ama önemli olan, kelimeler değil, onların işaret ettiği anlamdır. Gerçi sonradan "Allah" kelimesinin, "Tanrı" kelimesinin ifade edemediği birtakım anlamları barındırdığını öğrendim, ama bu ayrı bir konu. Dediğim gibi, önemli olan, nasıl isimlendirirsek isimlendirelim, özümüzdeki, sadece bir veya birkaç değil, sayısız isme sahip olan o varlık.

Benim gibi sen de bir yabancısın, Mathias. Eğer Allah ismi sana Müslümanların inandığı bir Tanrı'yı çağrıştıracaksa, o zaman ben Tanrı kelimesini kullanmayı tercih ederim. Çünkü "Müslümanların inandığı Tanrı" diye bir şey yoktur. Tanrı Tanrı'dır ve birdir. O yüzden bazen Allah kelimesini kullandığımı görürsen, bunun senin inandığın Tanrı'dan farklı olduğunu düşünme lütfen. Çünkü hepimiz aynı Tanrı'dan geliyoruz ve hepimiz aynı Tanrı'ya döneceğiz.

İşte, benim için hayatın özü bu, Mathias. Benim için hayat, geldiğin yeri bulma serüveni. Tasavvuf kitaplarını okurken bir şey fark ettim. İlk gençlik yıllarımdan -hatta çocukluğumdan- beri inandığım, hissettiğim birçok şey, Sufilerin kitaplarında vardı.

Küçüklüğümden beri inandığım şeylere, ailem öğrettiği ya da bir yerlerde duyduğum için inanmıyordum. O dönemlerde bu tarz kitaplar da okumuyordum. Dolayısıyla inandıklarım, dışarıdan gelen bilgi ya da telkinlerle değil, içten gelen, sezgisel bir biçimde şekillenmişti.

Örneğin kendimi bildim bileli, yaratılış amacımızın, içimizdeki ilahi varlığı, Tanrı'yı tanımak olduğuna inanıyordum. Daha önce bunu hiç kimseden duymamış, hiçbir yerde okumamıştım. Ama öyle olduğunu hissediyordum. Ve bir gün, okuduğum kitaplardan birinde, Tanrı'nın, bizi neden yarattığını ifade eden şu sözüyle karşılaştım:

"Ben gizli bir hazineydim, bilinmiyordum; bilinmek istedim, insanı yarattım."

Ve bunun gibi daha birçok örnek. Eskiden beri inandığım şeyler, bu kitaplarda karşıma çıkıyordu. Bu durum bir taraftan beni heyecanlandırıyor, şevkimi artırıyor, öbür yandan da kitaplarda anlatılanları yaşayamamanın burukluğunu hissediyordum içimde.

Ama Tanrı'ya güveniyordum. Ona güvenmeyeceksem, kime güvenecektim ki? İşte bunun için, Güneş o dönemde bulutların ardına gizlenmiş olsa da, biliyordum ki, Güneş vardı. Ve Tanrı bir gün o bulut perdesini aradan çekip bana Güneş'i gösterecekti. Mevlânâ'ya Şems'i gösterdiği gibi. Ben Mevlânâ değildim ama Güneş cömerttir, denizi de aydınlatır, taşı da. İşte bu yüzden, ümidimi hiç kaybetmedim.

İKİNCİ BÖLÜM

40

İstanbul'a yerleştiğim dönemden sonrası ise, senin de tahmin edebileceğin gibi, bambaşka bir dönemdi.

Dediğim gibi, bu kitap iç dünyamla ilgili olduğu için sana dış dünyayla ilgili detaylardan bahsetmeyeceğim, ama şu kadarını söyleyebilirim ki, bu geçiş benim için sandığımdan kolay oldu. Bir iki sene küçük bir evde yaşadım. Ama bir süre sonra, resimlerim hem burada, hem de yurtdışında büyük ilgi görünce, gördüğün bu eve taşındım.

İstanbul'a yerleşmek için işimden ayrılmıştım. Böylece buradaki tüm zamanımı, gençlik yıllarımdan beri sürdürdüğüm resim merakıma verme şansım oldu. Ve resimlerimi New York'taki ünlü bir galeri sahibinin görmesi ve çok ilgisini çekmesiyle birlikte, profesyonel ressamlığa geçmiş oldum.

Hayatımda hiç beklemediğim bu gelişme, maddi olarak beni epey rahatlattı. Ama ben bununla ilgilenmiyordum, benim için asıl önemli olan buraya geliş sebebimdi. İstanbul'a ressam olmak, zengin olmak, ünlü olmak için gelmemiştim. İşte bu yüzden, gün boyunca stüdyomda çalışsam da, aklım hep oradaydı. Aradığım şeyde.

41

İstanbul'daki ilk üç senemde, yeni bir yerde -üstelik böylesine büyülü bir şehirde- yaşamanın verdiği heyecan ve tazelenme duygusu dışında, kayda değer çok önemli bir şey olmadı. İç dünyamla ilgili en azından. Ama sabırla bekliyordum.

Bedenim, seneler önce evinin kapısını açıp Kudüs'e yürümeye başlayan Fabio'nun bedeni değildi artık. Saçlarım beyaz alev alıp kırlaşmış, kemiklerim zayıflamıştı. Ama sanki kalbim, genç Fabio'nun kalbiyle aynı kalpti. Sanki yine öyle bir rüya görse, yine yola koyulur, ulu bir tepede bir peygamberin sözünü görse, yine uzak bir şehre yerleşmeye karar verebilirdi. İşte buna çok seviniyordum. Geçen yıllar, yaşam kavgası, dünyevi meşguliyetler ve hatta bir dönem hissettiğim o öğrenilmiş çaresizlik, içimdeki hakikat özlemini dindirmemiş, kalbimdeki aşk kıvılcımlarını söndürememişti.

Ve bu özlem, bu ateş bir kalpte canlı kaldığı sürece, mutlaka ama mutlaka karşılığını bulur. Çünkü Tanrı bize kavuşmayı, bizim O'na kavuşmayı istememizden daha çok istiyor. Ama kalbimizdeki O'na olan arzuyu korumuş olmamız lazım. Çünkü kavuşma, aşk olmadan, aşk da, arzu olmadan gerçekleşmez.

Şükürler olsun ki, Tanrı, geçen bunca zamana rağmen, kalbimi taze ve genç tuttu. O'na karşı olan niyetimi korudu. Ve beni sonunda, bana Mevlânâ'nın aşkını tattıracak o insanla buluşturdu.

Bir hakikat de şu ki, biz bu hayatta kendi planımızı değil, Tanrı'nın planını yaşarız. Bir şeyi ne kadar iyi planladığımızı düşünürsek düşünelim, bir şeyi ne kadar istersek isteyelim, o, Tanrı'nın istediği zamanda, Tanrı'nın istediği şekilde gerçekleşir. Ve çoğu zaman, bizim planımız, O'nun bizim için planladığından farklıdır.

Bu durumu anlatan sevdiğim bir İbrani atasözü var:

"Tanrı'yı güldürmek istiyorsan, O'na gelecek planlarından bahset."

Sanırım ben hayatım boyunca Tanrı'yı epeyce güldürdüm. Ama sonunda, O'nun planına boyun eğmeyi, onun planıyla barışık olmayı öğrendim. Çünkü zamanla fark ettim ki, O'nun benim için planladığı, benim kendim için planladığımdan her zaman daha iyiydi.

42

Ben aradığımı İstanbul'da bulacağımı tahmin ediyordum, ama Tanrı'nın planı biraz daha farklıydı. Çok değil, biraz. Çünkü aradığım yine İstanbul'daydı. Ama onu bulmak için, Paros'a gitmem gerekiyormuş. Böylece Tanrı bir kez daha bana, kendi planının benim planımdan daha hayret verici, daha kusursuz bir şekilde işlediğini gösteriyordu.

İstanbul'a geldikten sonraki dördüncü yazımı Paros'ta geçirmiştim. Deniz görmese de, denize yürüyüş mesafesinde şirin bir ev kiralamıştım. Akşamüstleri, evin önündeki dar sokağa tuvalimi çıkarıyor ve küçük bir tabureye oturup saatlerce resim yapıyordum.

İşte o akşamüstlerinden biriydi. Günlerden 28 Ağustos'tu. Kırmızı bir gül ve onun etrafında dönen bir Mevlevi dervişi resmetmiş, gülün son rötuşlarını yapıyordum. Tuval, yoldan gelip geçenlerin görebileceği bir açıda duruyordu. Onu çoğunlukla öyle yerleştirirdim çünkü bu, bazen bir müşteriyle, bazense resim vesilesiyle hoşsohbet, sıcak insanlarla tanışmama vesile olurdu.

Sokaktan gelip geçenler üstünde çalıştığım resme göz ucuyla da olsa bakarlardı genelde. Kimisi yoluna devam ederdi, kimisi durup izlerdi. Kimisiyle de dost olurduk. Bu şekilde, hâlâ görüştüğüm birkaç dost edindim. Hatta, senin dükkânında resmimi gördüğün Yorgo ile de bu şekilde tanışmıştık.

Ama o 28 Ağustos akşamüstü resmimin önünde duran kadın, diğerlerinden çok farklı biriydi. Görünümü çok zarif olmakla birlikte, ilk bakışta sıra dışı biri olduğunu ele veren bir şey yoktu. Onu diğerlerinden farklı yapan şeyi sonradan anlayacaktım. Ama daha ilk cümlesi bir ipucu veriyordu. Bir süre sessizce resme baktıktan sonra, düzgün bir İngilizceyle şöyle dedi:

"Derviş, gül ile konuşabiliyor, değil mi?"

Bu soru kalp atışlarımı hızlandırmaya yetmişti.

"Bilemiyorum," dedim. "Sizce?"

"Bence konuşuyor olmalı," dedi. "Çünkü her şey konuşur. Ve bir dervişte de onu duyacak kalp olması gerekir, öyle değil mi? Gerçek bir dervişse eğer."

"Oturmaz mısınız?" dedim hafif yutkunarak. Cevabını beklemeden kalkıp tabureni ona yakın bir yere koydum, ben de başka bir tabure almak için bahçeye yöneldim.

Göz ucuyla arkama baktığımda, derin bir nefes aldım. Tabureye oturmuştu.

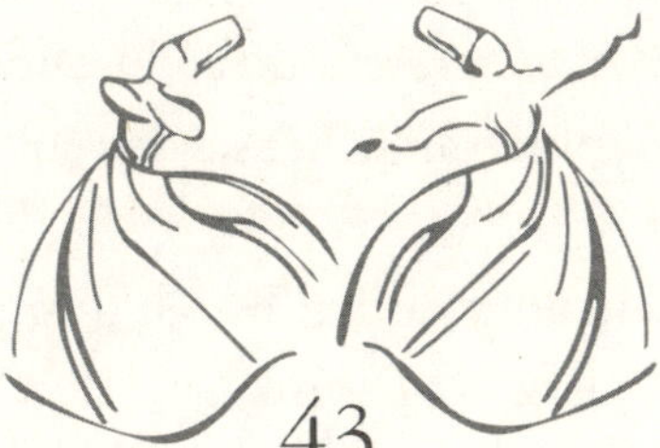

43

Tahmin edebileceğin gibi, sevgili dostum, o kadın, Zeynep Hanım'dan başkası değildi.

Birlikte saatlerce sohbet ettik. Güller, dervişler, Hz. Mevlânâ, Hz. Şems ve tasavvuf üzerine. Onu dinlerken heyecandan oracıkta ölebilirdim. Bahsettiği birçok şeyi ben de kitaplardan okumuştum geride bıraktığım yirmi küsur sene boyunca. Anlattıklarının çoğu kitaplarda da anlatılıyordu, ama o konuşurken farklıydı. Sanki anlatılanlar canlanmıştı. Sanki anlatılanlar geçmişte yaşanmamıştı, o anda, içinde olduğumuz anda yaşanıyordu.

O güne kadar belki de yüzlerce kişiyle tasavvuf üzerine konuşmuştum. Bunların içinde tasavvuf kürsülerinin başkanları, profesörler, dervişler, yazarlar, tasavvufa gönül vermiş yetkin kişiler vardı. Ama hiçbirinin konuşması Zeynep Hanım'ınki gibi değildi. Sanki onun sözleri kelimelerden oluşmuyordu. Sanki sözleri kendine has ruhu olan bir manaydı ve bu mana onun kalbinden çıkıp direk benim kalbime giriyordu.

Onunla sohbet ederken, *yaşayan Sufilerin konuşmaları, iletişimleri de böyle olsa gerek*, diye düşündüm. Ve sözlerini bitirince, ona, cevabını o anda her şeyden çok bilmek istediğim o soruyu sordum:

"Nerede yaşıyorsunuz acaba? Buralı mısınız?"

"Hayır," dedi. "İstanbulluyum."

44

İyi ki bu hayatta kendi planımızı değil de, Tanrı'nın planını yaşıyoruz. Çünkü O, bizi bizden daha iyi biliyor. Ve bize karşı, bizim kendimize olduğumuzdan daha merhametli, daha şefkatli. İşte onun için, bazen bizim için iyi olmayacak şeyleri bize vermiyor, iyi olan şeyleri de istediğimiz zamanda değil, kıymetini en çok bileceğimiz zamanda veriyor. İyi ki her şey O'nun istediği gibi, O'nun istediği zamanda oluyor. Yoksa istediklerimizi acele isteyen ve bizim için iyi olan şeyler konusunda sıkça yanılan bizler, hiçbir zaman olgunlaşamazdık.

Olgunlaşan bir meyve dalından kendiliğinden düşer, o zaman tam tadındadır. Biz belki o olgunlaşmadan onu koparmaya yelteniriz ve koparırsak, ziyan etmiş oluruz. Ama Tanrı onun saatini ayarlamıştır, zamanı geldiğinde, daha kolay kopar ve daha tatlı olur. Zeynep Hanım'ın o gün, ben hiçbir şekilde aramadan, efor sarf etmeden, karşıma çıkışı gibi.

Üstelik ben İstanbul'da değil, Paros'tayken. Bu bana bir kez daha, Tanrı'nın planının kusursuz işlediğini ve O'nun çok cömert olduğunu hatırlatıyordu. Ve bir de tabii, Tanrı'nın sürpriz yapmayı ne kadar sevdiğini.

Serüvenimi Zeynep Hanım'a anlattım. Yirmi seneden uzun bir süre önce geçirdiğim kazayı, sonra içime düşen hakikat arzusuyla, Yunan Adaları'na kadar geldiğimi, hatta ilk ayak bastığım adanın Paros olduğunu, ama sonra Ios'a gittiğimi ve ardından seneler sonra İstanbul'a uzanan bir yolculuğa çıktığımı, Yuşa Tepesi'nde aldığım işareti, İstanbul'a yerleşmeye karar verişimi ve daha ilk İstanbul'a gittiğim günlerden beri orada, Mevlânâ'nın bildiği aşkı bilenlerle karşılaşmak istediğimi anlattım. Özellikle bunun beni hayrete düşürdüğünü söyledim. İstanbul'da arayıp bulamadığım bir İstanbulluyu nasıl olmuştu da Paros'ta bulmuştum.

Zeynep Hanım gülümsedi. "Aynen dediğiniz gibi," dedi. "Tanrı sürprizleri sever. İki İstanbullunun Paros'ta karşılaşmasına gelince..."

Bir an durup gözlerime baktıktan sonra, daha önce okuduğum ama aklımdan tamamen çıkmış o ayeti söyledi:

"Her nerede olursanız olun, Allah sizi bir araya getirir. Şüphesiz ki, O'nun her şeye gücü yeter."

45

Zeynep Hanım'ın hayatındaki tasavvuf, yaşayan tasavvuftu. Canlıydı. Ve onun kalbi, ay gibi ışık saçıyordu. Ama Tanrı'nın planı burada bitmiyordu. İç dünyamdaki geceyi, Paros'ta ay ışığı ile aydınlatan Tanrı, çok geçmeden bana o ışığın kaynağını, güneşi gösterecekti.

İstanbul'a döndükten sonra Zeynep Hanım ile görüşmeye devam ettim ve kabımın alabildiği kadar, onun sevgi denizinden almaya çalıştım. Tabii ki, onun gül bahçesinde ve gülleriyle de zaman geçirdim. Hatta seni bu yüzden oraya gönderdim, sevgili dostum. Az zamanım kaldığı ve seni daha yakından tanımayı çok istediğim hâlde, istedim ki, buradaki günlerini Zeynep Hanım ile geçir, onun gülleriyle tanış.

Tüm kalbimle inanıyorum ki, sen de onun bahçesinde görünenin ötesindekini göreceksin. Görünen dünya çok sınırlıdır. Dış yüzümüzü ele alalım örneğin. Aynaya baktığında gördüğün Mathias'ın özelliklerini say. İki göz, iki kulak, iki yanak, bir ağız, bir burun, iki kol, iki bacak, bir gövde, vesaire... Kimimizinki kimimizinkinden daha düzgün şekilli, belki göze daha hoş görünüyor, ama sonuçta dış yüzümüz limitli. Yirmi, otuz, bilemedin kırk şeyden oluşuyor...

Oysa bir de, Mathias'ın iç yüzünü, iç dünyasını düşün, içteki özelliklerini saymaya çalış; vasıflarını, karakter özelliklerini, hislerini, düşüncelerini, düşlerini, ruhunun özelliklerini... Sayamazsın. Hesaba gelmez, hatta sonsuzdur. Görünenin, görünmeyene göre ne kadar kısıtlı olduğunun bir göstergesidir bu. Başta bahsettiğim, buzdağı örneğindeki gibi.

İşte, Zeynep Hanım'ın güllerinin de bir dış yüzleri var, bir de iç yüzleri. Umarım onların iç yüzünü görebilirsin. Ve umarım onların iç yüzü, senin ruhuna bir ayna tutar. Çünkü dışımızı gösteren aynalar olduğu gibi, bize içimizi, içimizdeki o sonsuz ışığı gösteren aynalar da vardır.

İşte, Zeynep Hanım, İstanbul'a döndükten dört ay sonra beni, bana ruhumu gösterecek ayna ile tanıştırdı. Bedrettin Dede ile.

46

İşte burada takılıyorum, Mathias. Buradan sonrasını nasıl anlatacağımı bilemiyorum...

Zeynep Hanım'ın verdiği örnekten bahsetmiştim. "Zeytinin tadını tarif edebilir misin?" diyordu. Gerçekten de öyle. Bunu şimdi bir dene istersen. Zeytinin tadını tarif etmeyi dene. Ya da karpuzun tadını. Ne diyebilirsin ki? Karpuz için örneğin. "Sulu... tatlı... kütür kütür..." Peki bu tarif karpuzun tadını ne kadar aktarabiliyor? Bir de sen dene. Başka ne diyebilirsin ki?

İşte dostum, ne kadar uğraşırsak, uğraşalım, karpuzun ya da zeytinin ya da başka bir şeyin tadını kelimelerle tarif edemeyiz.

Aynı şey Mevlânâ'nın bildiği aşk için de geçerli. Sözlerle aktarılabilecek bir şey değil, tadacağın, hissedeceğin, dokunacağın, şahit olacağın bir şey. İşte onun için, okuduğum yüzlerce kitap, on binlerce güzel, özlü söz, bana içimdeki hakikati tanıtamadı. Baktığım her yerde Allah'ın yüzünü görmemi sağlayamadı.

Tasavvuftan gaye Allah'ı bulmaktır. Öbür dünyada değil, bu dünyada. Sana Allah'ı bu dünyada buldurmayan tasavvuf, tasavvuf değildir.

Tasavvuf bilmek değil, bilmemek sanatıdır. Bildiklerinle ortaya çıkmak değil, bilakis bilmiyormuş gibi görünme sanatıdır. Benlik değil, hiçlik sanatıdır. Büyüme sanatı değil, küçülme sanatıdır. Kendini üstün hissetme değil, tam tersine, kendini unutma sanatıdır. Yazma ya da konuşma değil, yaşama ve tatma sanatıdır. Herkese el öptürme değil, herkesin kalbini öpme sanatıdır.

İşte bunun için sevgili dostum, bundan sonrasını anlatmakta aciz kalıyorum. Ama şu kadarını söyleyebilirim ki, İstanbul'a ne için geldiysem, onu bulmuştum.

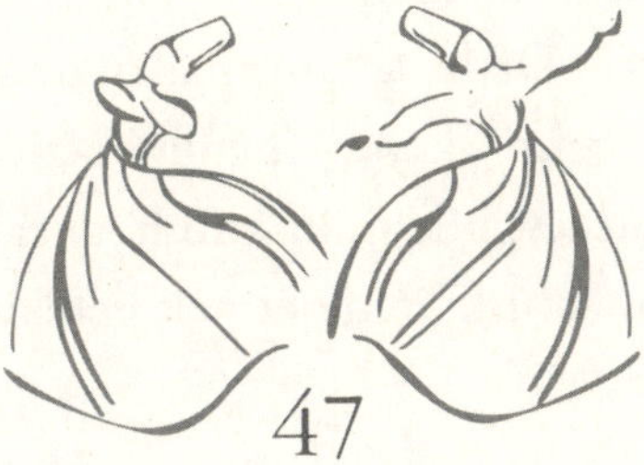

47

Hayat döngüsünde baş ile son aynıdır. Allah'tan gelirsin ve Allah'a dönersin. Peki ya ortası? Ya bu dünya? Başlangıç ve sonda Allah var da, ortada yok mu? İşte tasavvuf, Allah'ı ortada da bulma sanatıdır.

"Her nerede olursanız olun, sizinle beraberim," diyor Allah. O hâlde, Allah burada bizimle olduğuna göre, bu dünyada bulunabilir, öyle değil mi? Başka bir sözünde ise, bize şahdamarımızdan daha yakın olduğunu söylüyor. Yani bize kendimiz kadar yakın.

O hâlde neden hissedemiyoruz O'nu? Neden bulamıyoruz? Neden hayatı her an O'nunla yaşayamıyoruz? Çünkü kendi benliğimizi daha güçlü hissediyoruz. Kendi benliğimiz Allah ile aramızda perde oluyor. Tıpkı bulutun güneşi gizlemesi gibi.

Ama güneş bir yere gitmiyor, orada, gözümüzün önünde. Dolayısıyla, Allah'ı bulmak demek, Allah'ı bulunduğumuzdan başka bir yerde arayıp bulmak demek değildir, Allah zaten bizimle beraber, bulunduğumuz yerde. Tek yapmamız gereken, bulutu aradan çekmek.

Okuduğum tasavvuf kitapları sayesinde, bunları, Zeynep Hanım ve Bedrettin Dede ile tanışmadan önce de biliyordum. Hatta bulutun -yani kendi benliğimizin- nasıl aradan çekileceğini de. Bu sevgi ile mümkündü ancak. Sufilerin daha fazla kullandıkları tabirle ifade etmek gerekirse, "muhabbet" ile.

Çünkü bizi Allah'ı görmekten alıkoyan tek şey kendi benliğimizdi ve kendi benliğimiz ancak muhabbetle, ancak aşk ile erirdi. Tabii, Mevlânâ'nın bildiği aşk ile. Kendi benliğimiz için değil, Allah için aşk. Birbirimize, özümüzdeki ilahi varlık, özümüzdeki ışık için duyduğumuz muhabbet ve aşk.

Dediğim gibi, bunları daha önce de biliyordum. Aklımla anlıyor, inanıyordum, ama Allah ile aramdaki bulutu ortadan kaldıracak aşkı -Mevlânâ'nın bildiği aşkı- hissedemiyor, yaşayamıyordum.

Çünkü o aşkı görmemiştim, o aşka tanık olmamıştım. Dolayısıyla ne olduğunu bilmiyordum. Aşk bir kelimeydi benim için, evet farklı yüzlerini göstermişti bana, ama beni özüme, içimdeki sonsuz ışık ve sevgiye götürecek o saf aşkı hiç görmemiştim, tatmamıştım. Bir şeyi daha önce görmemişsen, tatmamışsan, o şeyin ne olduğunu bilebilir misin? Bilemezsen, nasıl onunla yaşayabilirsin ki?

İşte ben de yaşayamamıştım. O aşkı Bedrettin Dede'de görene, o aşka onda tanık olana kadar.

48

Buydu Bedrettin Dede'yi diğer insanlardan farklı kılan. Aşkı yaşıyor olmasıydı. Belki de aşkın kendisiydi o. Hayatının her anında, her hareketinde, her sözünde aşkın kokusunu duyuyordum.

Onunla geçirdiğim zaman, ömrümün geri kalanıyla kıyaslandığında çok kısıtlıydı, ama sonsuzluğa bedeldi. Zeynep Hanım bizi tanıştırdığı zaman Bedrettin Dede, İstanbul'da yaşıyordu, yazları ise İzmir'in bir sahil kasabasındaki küçük evine gidiyordu. Yedi sene önce ise temelli oraya yerleşti.

Bu noktada, sana çok şaşırtıcı bir şey söylemek istiyorum, Mathias. Aslında sen bunu bu yazdıklarımı okumadan önce öğrenmiş olacaksın ve onun için şaşırmayacaksın. Çünkü bu kitap senin eline geçmeden Efes'te, Ekim Yağmurları seyahatinde Diana'yla buluşmuş olacaksın. Ve o sana, Bedrettin Dede'den bahsedecek. Sen yanımdan ayrıldıktan hemen sonra Zeynep Hanım ile konuşmuştum ve o bana Diana'nın Bedrettin Dede'nin yanında olduğunu söylemişti. Ekim Yağmurları'na kadar onun misafiri olacakmış.

İşte bu yüzden, sanırım ki, Diana'yı gördüğünde, o artık eski Diana olmayacak. En azından Mevlânâ'nın bildiği aşkın kokusunu almış olarak çıkacak karşına. Sizin adınıza ne kadar seviniyorum bilemezsin. Ve inanıyorum ki, Diana sana Bedrettin Dede'yi ve onunla yaşadıklarını anlatacak. Aldığı tadı aktaramayacak belki ama, en azından benim hayatımı değiştiren o sevgiden, o aşktan bir koku ulaştıracak sana.

Bir gün umuyorum ki, sen de Bedrettin Dede'yle tanışır ve onun bahçesindeki, Allah'ı arayan o dokuz gülü dinlersin. Benim sana anlatmak istediğim, ama anlatmayı beceremeyeceğim her şeyi, o güller Diana'ya en güzel şekilde anlatmış olmalılar. Ve eğer benim, Allah'ı arayış hikâyemin geri kalanını bilmek istersen, Diana'dan sana o güllerin söylediklerini anlatmasını iste. Beni özüme götüren yol, onların yoluyla aynıydı çünkü.

49

Tasavvuf hakkında çok şey söylenebilir, sevgili dostum. İşte problem de burada. Tasavvuf, edebiyat gibi, bir söz sanatı değildir, tasavvuf kalp sanatıdır. Önce üstün insani vasıfları, sonrasında ise ruhun yüce vasıflarını kendinde toplama sanatıdır.

Peki bu üstün insani vasıfları nereden toplayacağız? Merhamet, sabır, sadakat, cömertlik, dürüstlük, cesaret, fedakârlık, hoşgörü ve daha bunun gibi birçok güzel vasfa nasıl sahip olacağız? Bir şeyi çok önceden keşfettim Mathias; kitaplardan güzel ahlak ile ilgili bir şeyler okumak, insanı daha güzel ahlaklı yapmıyor. Örneğin, sabır üzerine bir hikâye okumak ya da bir film izlemek, insanı daha sabırlı yapmıyor. Görmek lazım, tanık olmak. Üstün insani vasıflara hayatın içinde tanık olmak lazım ki, gördüğümüz kalbimize işlesin.

Sevgili dostum, tasavvuf hakkında onca yıl belki de küçük bir kütüphaneyi dolduracak kadar kitap okudum ve bu konuda ciltler dolusu kitap yazabilirim. Ama bunun bir önemi yok. Çünkü tasavvuf bu değil. Tasavvuf senin içinde olan şey. Herkesin bir kalbi var. Ve herkesin kalbinin içinde Allah var. İşte tasavvuf, kendi kalbinin içinde yolculuk edip Allah'ı orada bulmaktır.

Hz. Ali'nin sevdiğim bir sözü var:

"İlim bir noktaydı, onu cahiller çoğalttılar."

İşte ilim, yani Allah'ı bilmek, noktadır, hiçliktir. Benliğimizin hiçliğe kavuşmasıdır. Bu da Hz. Mevlânâ'nın ve Hz. Şems'in söylediği gibi, ancak sevgiyle, ancak aşk ile mümkündür.

Bir "nokta" ile ifade edemesem bile, zamanla çoğalan bu ilmi -tasavvufu- tek cümleyle ifade etmem gerekirse, "Nefsin muhabbetle secde etmesi" derim. Secdeden kastım, alçalması, küçülmesi, kaybolması. Biz yabancıların anlayabileceği bir ifadeyle söylemem gerekirse: "Benliğimizin aşk ile hiçliğe kavuşması."

İşte ancak o zaman, yani benliğimiz aşk ile hiçliğe kavuştuğunda, bu yolculuk gayesine ulaşmış oluyor ve Allah'a bu dünyada kavuşuyoruz. Ve insan, böylece Yunus Emre'nin o sözünü daha iyi anlıyor:

"Kaldır kendini aradan, ortaya çıksın Yaradan."

50

Kalbimi etkileyen bir öykü var, Mathias. Bir heykelle bir kırlangıcın öyküsü. Adı *Mutlu Prens.* Görünüşte bir çocuk öyküsü. Oscar Wilde yazmış, bilmiyorum okudun mu?

Ne mutlu bana ki, bu öyküyle çocukken değil, bir yetişkinken karşılaştım. Kalbim soğumaya, katılaşmaya başladığı, zihnimin kalbime, nefsimin ruhuma hükmettiği bir dönemde.

Bu öyküyü çocukken okumuş olsan bile, onu benim için bir kez daha okur musun? Çünkü o bir çocuk öyküsü değil. Sevgiye dair derin bir öykü. Gözleri yaşartsa da, kalbe neşe veren bir öykü.

Şimdi onu kısaltarak burada paylaşmak istiyorum seninle. Çünkü bu öykü, bundan sonra sana anlatmak istediklerimle yakından alakalı. Haydi o zaman, birlikte Mutlu Prens ve Kırlangıç'ın öyküsüne yolculuk edelim bir süre.

51

Kente tepeden bakan yüksek bir sütunun üstünde Mutlu Prens'in heykeli dikiliydi. Baştan başa saf altın tabakasıyla kaplıydı. Gözleri safirdendi, ışıl ışıl. Kılıcının kabzası da kocaman bir yakut.

Bir gece, kentin üstünde küçük bir kırlangıç uçuyordu. Arkadaşları altı hafta önce Mısır'a gitmişler, ama o geri kalmıştı. Kırlangıç yüksek sütunun üstündeki heykeli gördü ve Mutlu Prens'in tam ayaklarının arasına kondu.

Çevresine bakınıp uyumaya hazırlandı. Ama tam başını kanadının altına soktuğu sırada, üstüne iri bir su damlası düştü. "Ne tuhaf şey, gökte tek bir bulut yok ve yağmur yağıyor," dedi. Ama başını kaldırıp bakınca ne görsün? Mutlu Prens'in gözleri yaş içindeydi, gözyaşları altın yanaklarından akıp duruyordu. Kırlangıç'ın yüreği sızladı.

"Kimsiniz?" diye sordu.

"Ben Mutlu Prens'im."

"Öyleyse niye ağlıyorsunuz?" diye sordu Kırlangıç. "Beni epey ıslattınız."

Mutlu Prens, "Ben sağken, yüreğim insan yüreğiyken, gözyaşı nedir bilmezdim," dedi. "Çünkü kapısından üzüntünün giremediği Sans-Souci sarayında otururdum. Gündüzün bahçede arkadaşlarımla oynar, akşamları da büyük salonda dansı yönetirdim. Bahçenin çevresini saran pek yüksek bir duvar vardı. Ama onun gerisinde ne olduğunu sormak aklıma bile gelmezdi. Çevremde her şey çok güzeldi çünkü.

"Buyruğumdakiler bana Mutlu Prens derlerdi; doğrusu mutluydum da; eğer keyif mutluluksa... İşte böyle yaşadım, böyle öldüm. Artık ölüyüm diye beni buraya, böyle yükseğe diktiler. Şimdi beldemin bütün düşkünlüğünü, olanca acısını görüyorum. Yüreğim kurşun olduğu halde, ağlamadan edemiyorum."

"Uzakta," diye devam etti Mutlu Prens, "küçük bir sokakta fakir bir ev var.

Pencerelerinden biri açık, içinde de masa başında oturmuş bir kadın görüyorum. Yüzü ince ve yıpranmış. Odanın köşesindeki yatakta da küçük oğlu hasta yatıyor. Ateşi var ve portakal istiyor. Annesinde ise ırmak suyundan başka verecek bir şey yok; onun için çocuk da ağlıyor.

"Kırlangıç, Kırlangıç, küçük Kırlangıç, kılıcımın kabzasındaki yakutu çıkarıp ona götürmez misin? Ayaklarım bu altlığa perçinli, ben kıpırdayamıyorum."

"Beni Mısır'da bekliyorlar," dedi Kırlangıç. "Arkadaşlarım Nil'de aşağı yukarı uçuşup iri nilüferlerle konuşuyor."

Mutlu Prens, "Kırlangıç, Kırlangıç, küçük Kırlangıç," dedi.

"Bir gecelik yanımda kalıp yardımcım olamaz mısın? Çocuk öylesine susamış, annesi de öylesine üzgün ki..."

Mutlu Prens öyle hüzünlü görünüyordu ki, Kırlangıç ona acıdı: "Burası çok soğuk," dedi, "ancak yanınızda bir gece kalıp, yardımcınız olurum."

Mutlu Prens, "Sağol, küçük Kırlangıç," dedi. Kırlangıç da Prens'in kılıcındaki kocaman yakutu gagasıyla aldı ve onunla kentin çatıları üzerinden uçtu. Yıkık dökük eve vardığında, kadın uyukluyordu, oğlu da ateşler içinde, yatağında dönüp duruyordu. Açık pencereden bir sıçrayışta içeri dalıp yakutu masanın üstüne bıraktı.

Sonra Mutlu Prens'in yanına döndü ve ona olanları anlattı. Ardından tatlı bir uykuya daldı.

Ertesi gün "Mısır'da görülecek işiniz var mı?" diye sordu Mutlu Prens'e. "Yola çıkmak üzereyim."

Mutlu Prens, "Kırlangıç, Kırlangıç, küçük Kırlangıç," dedi. "Benimle bir gece daha kalamaz mısın?"

Kırlangıç, "Beni Mısır'da bekliyorlar," diye yanıt verdi. "Yarın arkadaşlarım ikinci çağlayana kadar uçacaklar."

"Kırlangıç, Kırlangıç, küçük Kırlangıç," dedi Mutlu Prens. "Uzakta, kentin ta öbür ucunda, çatı arasında bir genç görüyorum. Ocakta ateş yok. Açlık da gücünü tüketmiş."

Kırlangıç, "Bir gece daha beklerim," dedi. "Bir yakut da ona mı götüreyim?"

Mutlu Prens, "Ne yazık ki artık yakutum yok. Geriye bir tek gözlerim kaldı. Ama gözlerim bin yıl önce Hindistan'dan getirilmiş bulunmaz safirdendir. Birini çıkarıp ona götür. Kuyumcuya satıp yiyecek bir şeyle ocakta yakacak odun alır," dedi.

Kırlangıç, "Prensciğim, bunu yapamam," dedi ve ağlamaya başladı.

"Kırlangıç, Kırlangıç, küçük Kırlangıç," dedi Prens, "nasıl buyuruyorsam, öyle yap."

Kırlangıç Mutlu Prens'in gözünü çıkarıp öğrencinin tavan arasına doğru uçtu.

Döndüğünde, Mutlu Prens'in omzuna kondu. Sonra ona, geçmişte uzak ülkelerde gördüklerini anlattı.

"Sevgili küçük Kırlangıç, bana çok ilginç şeyler anlatıyorsun," dedi Mutlu Prens, "Ama en ilginç şey, insanların acıları. Yoksulluktan büyük hiçbir giz yok. Kentimin üzerinde uç da, küçük Kırlangıç, bütün gördüklerini bana anlat."

Kırlangıç kentin üzerinde uçtu. Karanlık ara yollara girip, kara sokaklara kayıtsız kayıtsız bakan aç çocukların bembeyaz yüzlerini gördü. Bir köprünün kemeri altında iki küçük çocuğun kucak kucağa yatıp birbirlerini ısıtmaya çalıştığını gördü.

Çocuklar, "Ne kadar da açız!" dediler. Bekçi "Orada yatamazsınız," diye bağırdı; onlar da yağmur altında gözden kayboldular.

Sonra dönüp gördüklerini Prens'e anlattı.

Mutlu Prens, "Üstüm saf altınla kaplıdır," dedi, yaprak yaprak söküp yoksullarıma götür.

Kırlangıç, Mutlu Prens hayli gösterişsiz ve gri olana kadar altını yaprak yaprak söktü. Yaprak yaprak yoksullara dağıttı; çocukların benzine renk geldi ve sokaklarda gülüp oynamaya koyuldular.

Kırlangıç, sonra Mutlu Prens'in yanına geldi ve "Size hoşça kalın demeye geldim," diye seslendi.

Mutlu Prens, "Kırlangıç, Kırlangıç, küçük Kırlangıç, bir gececik daha kalamaz mısın?" dedi.

Kırlangıç, "Kış geldi, dondurucu kar da nerdeyse gelir. Mısır'da, yemyeşil, hurma ağaçlarının üzerinde güneş sıcaktır," dedi.

Mutlu Prens, "Aşağıdaki meydanda," dedi, "küçük bir kibritçi kız var. Kibritlerini su yoluna düşürdü, hepsi bozuldu. Eve para götürmezse babası onu dövecek ve o yüzden ağlıyor. Ne ayakkabısı var, ne çorabı, başı da açık. Öbür gözümü çıkar, ona ver de, babası dövmesin."

Kırlangıç, "Yanınızda bir gece daha kalırım," dedi, "Ama gözünüzü çıkaramam. Sonra büsbütün kör olursunuz."

Mutlu Prens, "Kırlangıç, Kırlangıç, küçük Kırlangıç, ne buyuruyorsam, öyle yap," dedi.

Kırlangıç, Prens'in öbür gözünü de çıkarıp aşağı doğru fırladı. Kibritçi kızın yanından süzülüp mücevheri avcunun içine bırakıverdi.

Sonra Prens'in yanına döndü, "Şimdi kör oldunuz," dedi. "Artık ben hep yanınızda kalacağım."

Mutlu Prens, "Hayır, küçük Kırlangıç," dedi, "Sen Mısır'a gitmelisin."

Kırlangıç, "Hep yanınızda kalacağım," diyerek Prens'in ayağının dibinde uykuya daldı.

Derken bir süre sonra kar bastırdı, arkasından da don. Zavallı küçük Kırlangıç üşüdükçe üşüdü, ama prensi bırakmak istemedi; onu çok seviyordu. Kanatlarını çırpa çırpa da ısınmaya çalışıyordu.

Ama sonunda öleceğini anladı. Ancak bir kez daha Mutlu Prens'in omzuna dek uçabilecek gücü kalmıştı.

Hafifçe, "Hoşça kal, sevgili Prens," diyebildi, "Elinizi öpmeme izin verir misiniz?"

Mutlu Prens, "Demek sonunda Mısır'a gidiyorsun küçük Kırlangıç," dedi, "bunu duyduğuma sevindim. Burada çok kaldın. Ama beni dudaklarımdan öpmelisin, çünkü seni seviyorum."

Kırlangıç, "Gittiğim yer Mısır değil," dedi. "Ben ölümün ocağına gidiyorum. Ölüm de uykunun kardeşi, değil mi?"

Ve Mutlu Prens'i dudaklarından öpüp ayaklarının dibine ölü olarak düştü.

Tam o anda heykelin içinde bir şey kırılmış gibi tuhaf bir çatırtı duyuldu. Kurşundan yüreği, tam ortasından ikiye ayrılmıştı.

Ertesi sabah erkenden Belediye Başkanı, Belediye Meclisi üyeleriyle birlikte aşağıdaki alanda dolaşıyordu.

Sütunun önünden geçerken başını kaldırıp heykele baktı, "Vay, Mutlu Prens ne hale gelmiş böyle!" dedi. "Kılıcının yakutu düşmüş, gözleri gitmiş, artık altından da değil; dilenciden biraz iyi durumda."

Üniversitenin sanat profesörü, "Artık güzel olmadığına göre, yararlı da değildir," dedi ve bunun üzerine Mutlu Prens'in heykelini yıktılar.

Sonra maden olarak kullanmak üzere fırında eritmeye karar verdiler.

Döküm yerindeki işçilerin başı, "Ne tuhaf şey! Bu kırık kurşun yürek bir türlü fırında erimiyor; bari atalım," dedi ve onu, içinde ölü kırlangıcın da bulunduğu bir çöplüğe attılar.

Bunun ardından, Tanrı meleklerinden birine, "Bana kentteki en değerli iki şeyi bulup getirin," dedi. Melek de kurşun yürek ile ölü kuşu götürdü.

Tanrı, "Doğru seçmişsiniz," dedi. "Çünkü cennetimin bahçesinde bu küçük kuş sonsuza dek ötecek ve altın ülkemde Mutlu Prens beni kutsayacak."

52

İşte böyle, sevgili Mathias. Kırlangıç için, Mutlu Prens'in yanında kalmak kendi canından bile önemliydi. Ve sonunda ona olan sevgisi uğruna ölümü kucakladı. Mutlu Prens ise aynı sevgiye sahipti, insanlara duyduğu sevgi uğruna yaprak yaprak eriyip gitti.

Mutlu Prens'in heykelini benlik olarak düşünmüşümdür hep. Ama benliğin, nefsin içinde dahi, Tanrı'nın ışığı vardır. Dolayısıyla, merhamet ve sevgi de. Ama bu merhamet ve sevginin açığa çıkması için bir Kırlangıç'a ihtiyacımız vardır. Sevgisiyle, içimizde saklı kalan sevgiyi açığa çıkaracak, benliğimizi yaprak yaprak eritecek bir dosta.

İşte, sevgili dostum, ben Kırlangıcımı İstanbul'da bulmuştum.

53

Benim hayat serüvenim aşağı yukarı böyleydi Mathias.

Ama daha bitmedi. Daha önümde, keyifle kapuçino içeceğim, keyifli, neşeli günler var. Kaç gün bilmiyorum. On? Otuz? Altmış? Belki de sadece bir, bilemiyorum, ama bildiğim bir şey var, ayaklarım mutfağa yürüyebildiği, elimde güç olduğu, ağzımı açabildiğim sürece kapuçino içeceğim. Ama en önemlisi, son anıma kadar içtiğim her kapuçinoyu kendi başıma değil, o yüce Dost ile, Allah ile birlikte içebilmeyi ümit ediyorum.

Bedrettin Dede bir keresinde, bir papazın bir Sufiye, "Sizin dininizde bir kimsenin evliya olduğunu nasıl anlarlar?" diye sorduğunu ve Sufinin ona verdiği cevabı anlatmıştı.

Papaz bu soruyu sorduğunda, "Sizin dininizde nasıl anlarlar?" diye sormuş Sufi.

Papaz cevap vermiş:

"Biz o kişinin tüm yaşamına bakarız. Ne kadar hayır işlemiş, ne kadar hizmet etmiş, kiliseye, dinine, topluma ne kadar fayda sağlamış, onu hesaplarız. Eğer bunların toplamı belli bir seviyenin üstündeyse, onu evliya, yani aziz ilan ederiz."

Sufi gülümsemiş. "Hayır, hayır," demiş. "İslam'da evliyalık çok ciddi bir iştir. Evliya Allah ile görür, Allah ile yürür, Allah ile oturur, Allah ile yemek yer..."

İşte, sevgili dostum, sana bahsettiğim, İstanbul'daki ilk günlerimi hatırlıyorum. Evliya kelimesinin "dost" anlamına geldiğini ve "Allah ile dost olanlar" için kullanıldığını öğrenir öğrenmez, daha hiçbir şey bilmeden, İstanbul sokaklarında, "Ben evliya olmak istiyorum," diye dolaşmaya başlamıştım. Bunun gerçekte ne anlam ifade ettiğini ise ilk kez, Sufinin bu cevabıyla biraz anlayabilmiştim.

"Evliya, Allah ile yemek yer" sözü kalbimi etkilemişti.

İşte o yüzden, sevgili Mathias, ben de son anıma kadar içtiğim her kapuçinoyu Allah ile içebilmek istiyorum. Sadece o değil; O'nunla Boğaz'da balık avlamayı, O'nunla kürek çekmeyi, gerekecekse, O'nunla hastaneye gitmeyi istiyorum.

Ve en önemlisi, O'nunla ölmek istiyorum. Tekrar dirilip O'nu karşımda bulduğumda, bir yabancıyla değil, bir dost ile karşılaşmış olmak için. Nasıl, bu daha hoş olmaz mı?

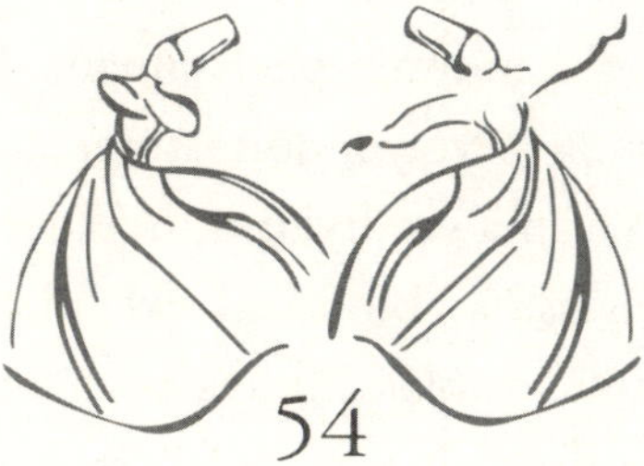

54

Karşılaşmayı ümit ettiğim tek dost Yaradan değil elbette. Bu kitapta adı geçen, anneannem, Hz. Mevlânâ, Hz. Şems, Hz. Yunus Emre, Hz. Musa, Hz. İsa, Hz. Muhammed kavuşmayı sabırsızlıkla beklediğim sayısız dosttan sadece birkaçı...

Sevgili dostum, şimdi izninle, sana yazdığım bu mektubun bundan sonraki bölümünü yakında kavuşacağım o dostlara yazacağım mektuplara ayırmak istiyorum. İsimlerini yazdığım sırayla. Ardından iki mektup daha ekleyeceğim. Kızıma ve kızımın annesine.

Bu iki mektubu onlara ulaştırabilirsen, çok memnun olurum. Bu konuda Zeynep Hanım sana yardımcı olur. Tahmin edebileceğin gibi, bu kitabı sana gönderecek kişi de zaten o.

Bu mektupların hepsi kişisel elbette. Neden sana yazdığım kitaba eklediğimi bilmek istersen, bunun sebebi en başta söylediğim şeyle ilgili. Bu kitabı senin için yazmıyorum, kendim için yazıyorum. Bu dünyadan ayrılırken paylaşım hâlinde olabilmek, paylaşırken ölebilmek için.

Paylaşma için en azından iki kişiye ihtiyaç vardır, değil mi? Bir şeyi kendi kendimle paylaşamam. Bir kelimeyi, bir sözü, kendi başıma sevgiye dönüştüremem. İşte, yakında kavuşacağım dostlarıma yazdıklarımın, sadece kelime, cümle, söz değil, bir paylaşma, bir sevgi eylemi olması için sana ihtiyacım var. Bu mektupları buraya koymamın sebebi de bu.

Mektupların ardından, son sayfalarda tekrar buluşacağız. O ana kadar, hoşça kal dostum.

ÜÇÜNCÜ BÖLÜM

55

Sevgili Anneanneciğim,

Şu son günlerimi huzur ve neşe içinde geçirebiliyorsam, bunda senin payın büyük. Senin sayende, kalbim daha çocuk yaşta sevginin fotoğrafını çekti. Sevgi, ister istemez, kalbime kazındı. Sonradan onu silmek için ben elimden geleni yapmış olsam da, kazınan bir şeyi silemezsin, öyle değil mi?

Doğumumdan gençlik yıllarıma kadar, beni bir koruyucu melek gibi sarıp sarmalayan, kokusu bu yaşıma kadar erişen o sevgin için sonsuz teşekkürler, Prenses…

Ne mutlu bana ki, artık kavuşma zamanı. Çok yakında yanına geliyorum. Benim için cennet, senin kokunu duymak, seninle ve dostlarla birlikte olmak. Sabırsızlanıyorum. Tekrar sana, "Prenses!" deyip boynuna atlamak için.

Seksen beş yaşında bile sana neden prenses dediğimi, bana hiç sormadın, ben de söylemedim. Ama şimdi nedenini söylemek istiyorum.

Sana prenses diyordum çünkü en yaşlımız olduğun hâlde, kalbin hepimizinkinden gençti. Hepimizinkinden daha diri, daha taze, hepimizinkinden daha güzeldi. İşte onun için, göklerin krallığının prensesiydin sen.

Seninle muhteşem bir öykü yaşadık anneanneciğim. Ve hiçbir sevgi öyküsünün sonu yoktur. Son ne kelime, öykü yeni başlıyor asıl.

Bekle, Prenses. Az kaldı, geliyorum!

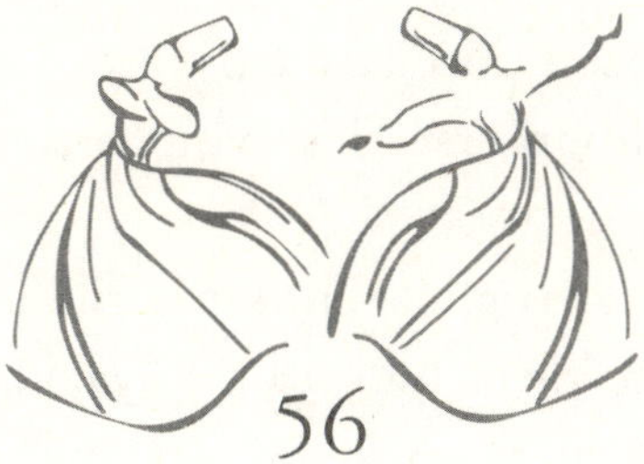

56

Ey yüce dost Mevlânâ,

Gönlümden "Hazreti" diyorum, hatta kelimelerin ifade edebileceğinden çok daha büyük bir tazimle sesleniyorum sana, ama kendimi sana o kadar yakın hissediyorum ki, Hazreti Mevlânâ demek bir mesafe getiriyor. Onun için bu mektupta, Hazreti demeyeceğim sana.

Sevgili Mevlânâ'm, senin türbeni ziyaret etmeden önce, "Rûmî" denildiğinde, aklıma gelen ilk kelime "aşk" idi. Benden iyi bildiğin gibi, aşk sınıflandırılamaz, çeşidi, kategorisi yoktur aşkın. Aşk aşk'tır. Ama aşk, aşk olmayan duygularla karıştı zamanla, gizlendi, kayboldu.

Yine de, aşk olmayan duygular bile kokusunu aşktan almıyor mu, Mevlânâ'm? Ateş olmayan yerden duman çıkmaz, öyle değil mi? Adı, sıfatı ne olursa olsun, her aşk aynı ateşten yükselmiyor mu? Duman dahi ateşten değil mi?

Ama Allah'ı bilmek isteyene, yükselmek değil, alçalmak gerek, duman değil, ateşin kendisi gerek. İşte ben, gözümü dumandan ateşe, senin şu sözünle çevirebildim:

"Aşk dediğin Allah'a ulaştırmalı; yoksa yerle bir olmalı."

Ve sonra şu sözün çıktı karşıma:

"Herkes kendi zannınca dost oldu bana. İçimdeki sırrı ise kimse aramadı."

Seni ilk ziyaret ettiğim gün, senin ruhundan içime akan hüznü daha iyi açıklıyor bu sözün. Rüyamda bana o hüznün sebebini açıkladıktan sonra, kendi kendime bir söz vermiştim. Senin sadece ismini değil, aslını bilecektim.

Şimdi, göz açıp kapayıncaya kadar geçen bir ömrün sonunda, sözümü tutabildiğime inanıyorum Mevlânâ'm. Çünkü senin aslın benim aslımla aynı. Ve ben aslıma şahit oldum. Bunu bilmen hüznünü dağıtır belki diye düşündüm. Bil ki, senin bildiğin aşkın ateşi yurdunda hâlâ tütüyor Mevlânâ'm, bundan hiç şüphen olmasın.

Ateş aynı ateş, ama bilirsin, ateş hiçbir zaman aynı değildir, sürekli yeni bir şekle bürünür, yeni bir hâl alır.

İşte, Aşk'ın her an yeni bir hâlde olması sebebiyle, bu devirde yanan aşktan bir kor alıp getireceğim sana. Ruhundaki sonsuz aşkın bu yüzyıldaki alevleriyle parıldayan bir kor. Bu kor benden değil Mevlânâ'm, onun için onu sana sunarken haya etmeyeceğim. Çünkü o kor dahi senin aslından, değil mi?

Az kaldı, yüce dost. Artık kavuşma zamanı, artık düğün zamanı.

Bekle Mevlânâ'm, geliyorum!

57

Ey, güneşten daha parlak güneş, ey, ulu Şems,

Konya'daki en özel anlarımı seni ziyaretimde geçirdim. İlk kez, kendi dışıma taşmış olmanın büyüsünü yaşadım. Benliğin eriyip kaybolmasının kalbe verdiği neşeyi ilk o gün, senin yanında tattım.

Şimdi daha iyi anlıyorum; bu hissi senin yanında tatmış olmamdan daha doğal bir şey olamaz. Çünkü sen aşka başını verdin. Nefsin en kıymet verdiği şeyi, canı verdin aşk uğruna.

Allah kitabında, "Sevdiğiniz şeylerden vermedikçe, gerçek iyiliğe eremezsiniz," diyor ya. Bu ayetteki, "sevdiğiniz şey"in kendi benliğimiz, "gerçek iyilik"in de Allah olduğunu düşünmüşümdür hep.

İşte sen insanın en sevdiği şeyi, kendi benliğini verdin Şems'im. Bundan ötesi var mı? Belki sen o canı aşka feda etmiş olmasaydın, Mevlânâ'nın aşkı, yolu, sözleri böyle etkili ulaşmayacaktı sonraki yüzyıllara. Belki Mevlânâ'nın yüreğindeki ateş böylesine büyümeyecek, böylesine sıçramayacaktı kalplere, kalpleri böylesine tutuşturmayacaktı.

Senin kalbinden gelen kalbimize ulaştı, Şems'im. Yüreğindeki ateşin büyüklüğü kadar -ki ondan büyük bir şey yok- teşekkürler.

Kırk sene önce türbende, ruhlarımızın nasıl birleştiğini hatırladıkça, beni özlediğini hissediyorum. Bu, benden ya da benim aşka layık olduğumdan değil, senin yüreğindeki aşkın, kalbimin içinde olan Aşk'a duyduğu bitmek tükenmek bilmeyen özlemden kaynaklanıyor kuşkusuz.

Az kaldı, Şems'im. Bekle, geliyorum!

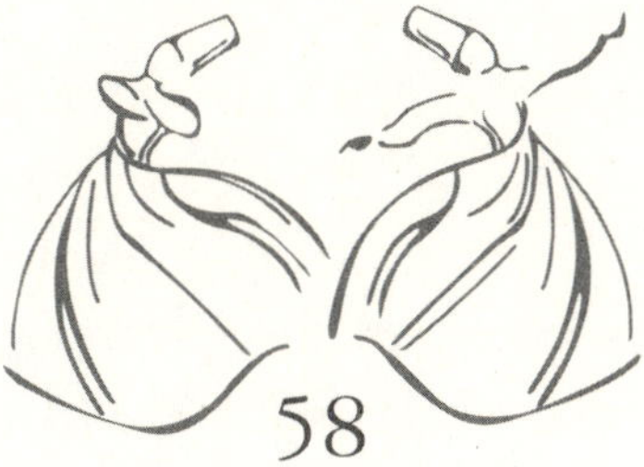

58

Ey Yunus'um,

En büyük estetiğin sadelikte yattığına inanmışımdır hep. En büyük sırların, en yalın görünen şeylerde gizlendiğini fark etmişimdir. Belki bunun için yalın resimler yapıyorum hep. Bazen bir al gül, bazen bir derviş, bazense duru bir deniz.

Ama yalınlığın estetiğine, gizemine, büyüsüne senin sözlerinden daha güzel bir örnek var mı?

Yalnızca bir dizen, "Bir Ben vardır bende, benden içeri", bir yığın kitabın anlatamayacağını anlatmıyor mu?

Mevlânâ'm seni övmedi mi? Onun ciltler dolusu eserle söylediğini, "Ete kemiğe büründüm, Yunus diye göründüm" diye bir dizede anlatan sen değil misin?

O hâlde bana da, sözü kısa tutmak düşer, öyle değil mi?

Bekle, Yunus'um, az kaldı, geliyorum!

59

Ey Musa,

Bu güzel şehre, bu muhteşem, bu kutsal şehre yerleşmeme senin bir sözün vesile oldu. Yönüm, Kudüs'ten İstanbul'a senin sözünle çevrıldı. Ve ben, Mevlânâ'nın bildiği aşkı bu şehirde buldum.

Umarım bunun şükrünü gerçekleştirebilmişimdir, ey dost peygamber.

Mağlup ettiğin Firavun dış dünyada bir Mısır kralı olsa da, iç dünyamızda onun, nefsi temsil ettiğini düşünmüşümdür hep. Bu açıdan bakarsak, aramızda bir benzerlik var sanırım. Çünkü ben de, elimden geldiğince, içimdeki Firavun'u mağlup etmeye çalıştım.

Ama sen nasıl onu karşına alıp, kılıçla, kalkanla, mızrakla savaşmadıysan, ben de nefsimle güç kullanarak çarpışmadım. Ona sert davranmadım. Sen Firavun'un çok güçlü olduğunu, çarpışarak mağlup edilemeyeceğini bildiğin gibi, ben de nefsimin çok güçlü olduğunu, dolayısıyla onu zorla yola getiremeyeceğimi biliyordum.

Onun için senin Firavun'u mağlup etme yolundan ilham aldım, Musa. Sen Firavun'u karşına almadın, denize yürüdün sadece. Ve Firavun'un işini deniz gördü.

İşte ben de nefsimi karşıma alıp onunla kavgaya tutuşmadım, onunla dişe diş, göze göz savaşmadım. Onun yerine, aşk denizine yürüdüm. Ve nefsimi, ben değil, aşk denizi mağlup etti.

Çünkü nefs büyük bir güçtür. Emri yerine getirilmek zorunda olan bir komutan gibi, emreder ve istediğini yaptırır. Nefsin karşısında duramazsın, ona güç yetiremezsin.

Eğer nefsimle çarpışacak gücüm olsaydı ve savaşıp onu yenseydim bile, yaralı nefsim bu sefer de bana, benim onu mağlup ettiğimi ve güçlü olduğumu fısıldayacaktı. Böylece beni yine yakalamış olacaktı. Çünkü nefs benliktir ve onu mağlup etmek, kişiye kibir, büyüklük ve yeterlilik duygusu verirse, bu, ona mağlup olmaktan da kötüdür.

Nefsimi tek bir güç mağlup edebilirdi, o da aşk. Çünkü aşkın olduğu yerde, benliğe geçit yoktur. İşte ben de öyle yaptım, senin gibi, denize, aşk denizine yürüdüm. Ve Allah, Firavun'a geçit vermediği gibi, benim benliğime de geçit vermedi ve onu aşk denizinde boğdu.

Gördüğün gibi, sevgili Musa, ben bir şey yapmadım, her şeyi aşk yaptı.

Ve ben aşka giden yolu senin sözün sayesinde buldum. Senin o sözün, bir tepenin üstünden iki denizi işaret eden asandı sanki. Ve ben asanın gösterdiği yerde konakladığım için çok mutluyum.

Ama artık konaklama zamanı doldu. Zaman, ebediyen yerleşme zamanı.

Az kaldı, Musa'm, geliyorum!

60

Ey İsa,

Ne diyebilirim ki? Sana ne yazabilirim ki? Sen ki bu hayat yolculuğumda benliğimin karanlık dünyasına doğan ilk güneştin. Allah'a götüren tek yolun sevgi yolu olduğunu kalbime ilk sen fısıldadın. Küçüklüğümde gönlüme düşen o sevgin olmasaydı, şu anda kim bilir nerede olurdum.

Bunun için sana sonsuz teşekkür borçluyum. Biliyorum, aslında her şeyi Allah yaptı, her şeyi O mümkün kıldı. İçime sevgini O koydu, seni gördüğüm, hayatımı değiştiren o rüyayı bana O gösterdi. Bedenime ve kalbime o rüyayı takip etme gücü verdi. Ama kula teşekkür etmeyen, Allah'a teşekkür etmiş olmaz. İşte bunun için sonsuz teşekkürler, yüce dost.

Beni beklediğini, şüpheye yer vermeyen bir kesinlikle hissediyorum.

Az kaldı, İsa'm, çok az. Bekle, geliyorum!

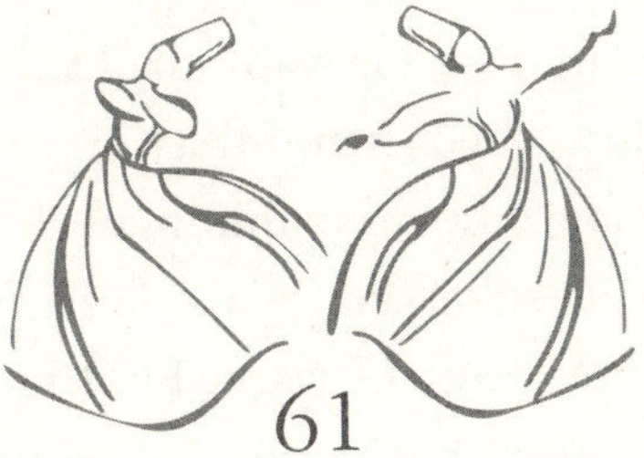

61

Ey Muhammed, ey yüce sevgili,

Tasavvufla tanışana kadar senin hakkında pek bir şey bilmiyordum. Ama iyi ki böyle oldu, iyi ki seni bana Sufiler tanıttı. Çünkü aşk peygamberini ancak âşıklar hakkıyla tanıyabilir. Seni ancak Mevlânâ, Şems, Yunus Emre gibiler hakkıyla bilebilir.

O yüzden ben seni tanımak için Mevlânâ'ma baktım:

Şöyle diyordu Mevlânâ:

"Ben Muhammed yolunda bir küçük toz zerresiyim. Kim, benden bundan başka bir söz naklederse, ondan da bezmişim, o sözden de."

Seni Sufiler vesilesiyle tanımaya başlayınca, bir şey beni çok çarpmıştı. Sufiler, arifler ne kadar büyüklerse, senin karşında o kadar küçülmüşlerdi. Mertebeleri ne kadar yüksekse, kendilerini senin karşında o kadar alçaltmışlardı. O zamanlar seni hakkıyla tanımadığım için, Batı'da nam salmış, bütün dünyanın önünde saygıyla eğildiği bu büyük Sufilerin, senin karşında kendilerini bu kadar alçaltmalarını anlayamıyordum.

Bütün dünyanın tanıdığı, yere göğe koyamadığı, yüzyıllar boyunca dünyanın dört bir yanında kalplere dokunabilen Mevlânâ, nasıl oluyordu da kendini senin yolundaki bir küçük toz zerresi olarak tanımlıyordu? Tanımlamak bir yana, bundan onur duyuyordu üstelik. Keza Şems, keza Yunus Emre, İbni Arabi, Gazali, Abdulkadir Geylani, Ebul Hasan Şazeli, Hacı Bektaş-ı Veli ve ismi bir kitaba sığmayacak niceleri...

Bu büyük Sufilerin, namları büyüdükçe senin karşında küçülmeleri kalbimi çok etkilemiş, bunun sebebini çok sonradan anlayabilmiştim. Bunun sırrı yine Aşk'ta gizliydi.

Mevlânâ'ya, "Aşk nedir?" diye sormuşlar.

"Ben ol ki, bilesin," diye cevap vermiş.

İşte, seni ancak Mevlânâ olup aşkı bilenler hakkıyla bilir, ey Allah'ın sevgilisi.

Ve sonra, senin yolunda bir küçük toz zerresi olmak, şereflerin en büyüğü olur.

Ki, o küçük toz zerresi bile senin yoluna ait, değil mi?

Bekle, ey yüce sevgili, az kaldı, geliyorum!

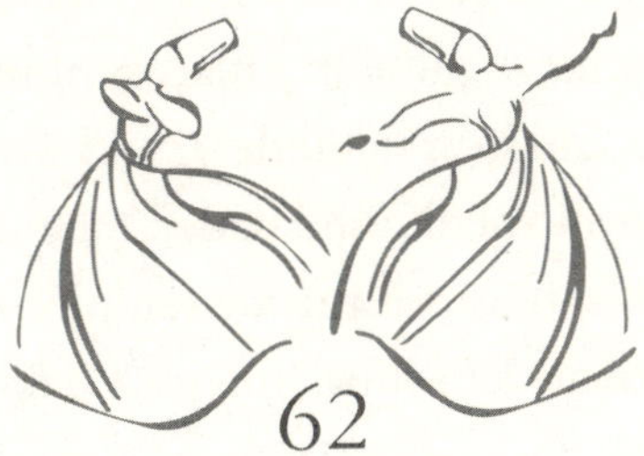

62

Allah'ım,

Sana ne anlatabilirim ki, sen her şeye şahitken. Şahit olmanın ötesinde, bana kendimden bile daha yakınken.

En çok neye seviniyorum, Allah'ım, biliyor musun? Seninle bir ilişki yaşadım. Bu hayatı yalnız değil, seninle yaşadım. Bir ilişkide her şey vardır, öyle değil mi? Sevgi, ayrılık, kavuşma, naz, kavga, barış, ümit, korku, tutku, gülümseme, gözyaşı... Ama güzel olan, bir ilişki yaşamış, bir bağ kurmuş olmak, öyle değil mi? Ağladıysam, seninle ağladım, güldüysem, seninle güldüm, seninle hüzünlendim, seninle neşelendim. Zor olan, ağlamak, hüzünlenmek değil, zor olan, sensiz olmak. İşte buna seviniyorum Allah'ım, seninle bir ilişki yaşadığıma.

Hayat hikâyemi bu şekilde yazdığın için sana o kadar minnettarım ki. Başka türlü bir hayat düşünemezdim. Senin her an benimle olduğunu bilmediğim bir hayat, cehennemin ta kendisi olurdu benim için. Seni düşünmemekten, senin farkında olmamaktan, seni hissetmemekten daha büyük bir cehennem olabilir mi?

Seni unuttuğum, seni anmadığım, hayatı seninle değil, sırf kendi benliğimle yaşadığım anlarım olmadı değil, elbette ki oldu. İşte bu anlarım için de teşekkür ediyorum sana. Bana sadece kendi benliğim, sadece kendi nefsimle baş başa kaldığım anlar nasip ettin ki, seninle olmanın değerini anlayabileyim, hayatı kendi başıma yaşamakla, hayatı seninle yaşamak arasındaki farkı görebileyim. Görebileyim ki yüzümü tekrar sana çevireyim, tekrar sana kavuşmayı arzulayayım.

Balık suyun dışında fazla kalırsa ölür, sen benim ölmeme izin vermedin Allah'ım. Beni, kalbimi öldürecek kadar sensiz bırakmadın. Şimdi bedenim ölüyor, ama kalbim diri. O diriyse, bedenim ölse ne yazar? Bu dünyaya seni kalbimde bulmak için gelmedim mi? Kalbimde seni bulduysam, içinde Sen varsan, o kalp nasıl ölebilir ki?

Bu mektup ve bu hayat sonlansa da, birlikteliğimiz sonlanmıyor, ey Rab, ey Dost, ey Sevgili.

Mektup sana yazılınca, "Bekle, az kaldı, geliyorum," diye bitirmek ne kadar anlamsız. Seninleyken, sana nasıl gelebilirim ki?

63

Sevgili Sofia,

Bu mektup eline geçtiğinde, ben buralardan gitmiş olacağım.

Bilmeni istiyorum ki, benden ayrıldığın için sana hiçbir zaman kırgın olmadım. Seni hep sevdim, sevmeye de devam edeceğim. Bizi ayıran tek şey, benim İstanbul'a yerleşmek istememdi. Bunun için senden özür diliyorum, Sofia'm. Yapmak zorundaydım, kalbimin sesini dinlemek zorundaydım.

Şimdi zamanı geriye sarsaydık ve bana İtalya'daki evimizde tekrar, "Ya ben ya İstanbul," deseydin, ben yine "İstanbul," derdim. Milyon kez sorsaydın, birinde bile tercihim değişmezdi Sofia'm. Çünkü İstanbul benim için bir şehir değildi yalnızca. Oturmak için gittiğim bir yer değildi. Aşkı değil, *aşkın kaynağını* aradığım yerdi.

Bir Sufi, duasında şöyle diyor:

"Allah'ım, bir tek seni istiyoruz çünkü bir tek sen varsın."

Bu sözü insanlar ancak hayatlarının sonuna geldiklerinde anlayabilirler. Ama ben yine de paylaşmak istedim.

Seni sonsuza kadar seveceğim Sofia'm, çünkü sen eşsiz bir eş olmanın ötesinde, bu hayatta bana Allah'ın verdiği en güzel, en değerli hediyelerden biriydin.

Bir gün, bu dünyadan daha gerçek bir dünyada tekrar bir araya gelebilmek ümidiyle... Ama şimdilik, kızımız sana emanet, ona benim için sarıl, alnına bir öpücük kondur. Ama babasından olduğunu söyleme, güzel gözleri yaşarmasın.

Çünkü o daha çok genç, bilemez. Babasının her gece yatağının baş ucuna gelip, onun alnına, meleklerinkinden daha hafif bir öpücük konduracağını bilemez.

Allah'a ısmarladık Sofia'm.

64

Luna, minik bebeğim,

Bir şey merak ediyorum, yavrum. Sen de bir gün baban gibi, içindeki hakikatin peşine düşecek misin? Kalbinin içinde Özüne uzanan bir yolculuğa çıkacak mısın?

Rûmî'ye olan aşırı sevginden, sonunda öyle olacağını tahmin ediyorum. Ama yine de bu senin kalbinin kararı kızım. Hayat senin ve sen o hayatı babanın ya da annenin ümit ettiği şekilde değil, içinden geldiği şekilde yaşayacaksın. Senden bir tek bunu istiyorum, güzel kızım, içinin sesine kulak vermeni ve hayatını o doğrultuda yaşamanı. Başkalarının istediği gibi değil. Ya da kendini o veya bu şekilde yaşamaya zorunlu hissettiğin için değil.

Hiçbir şekilde yaşamak, hiçbir şeye inanmak zorunda değilsin, yavrum. Kalp senin ve Allah'tan başka hiç kimse onun içini göremiyor. O yüzden, O'nunla rahatça dertleşebilirsin.

Kalbinle konuş. Ona bu hayatta ne arzuladığını sor. Bu hayatı nasıl yaşamak istediğini sor. Ve o cevap verdiğinde, onu dinle yavrum.

Çünkü kalp sevginin yurdudur ve bu hayatı nasıl yaşarsan yaşa, hayatının içine sevgi katmalısın. Sevgisiz yaşanan hayatın bir tadı yoktur çünkü. Karanlıktır. Acıdır. Soğuktur. Tanrı sevgisiz yaşanan bir hayatta tat bırakmamış, onu tatminsizlikle doldurmuştur ki, yüzümüzü sevgiye, dolayısıyla O'na çevirmemiz kolay olsun.

Af edersin güzel kızım, zaten hüzünlü yüreğini daha da yordum, beni affet. Ama bunları seninle paylaşmak için başka şansım olmayacak. Son bir şey söylemek istiyorum, o da, o güzel yüreğine belki küçük bir teselli olur diye.

Sonsuza kadar birlikte olacağız, yavrum. Bundan emin ol. Çünkü sen beni seviyorsun, ben de seni seviyorum. Ve birbirimize olan sevgimiz herhangi bir benlik ilişkisinden bağımsız; dolayısıyla gerçek ve saf. Böyle bir sevgiyi hiçbir şey yok edemez tatlım. Ölüm bile bu sevginin karşısında saygıyla eğilir. Görevini yapar yine, bedenimizi alır. Ama bedenleri ayırsa da, sevenleri ayıramaz.

Bununla ilgili, Hz. Muhammed'in hayatından kısa bir olay anlatmak istiyorum sana.

Bir gün biri peygambere gelir ve şunu sorar:

"Benim öyle fazla ibadetim yoktur, ama Allah'ı ve peygamberini çok severim. Öbür dünyada benim hâlim nasıl olur?"

Ve peygamber ona şöyle cevap verir:

"Kişi, öbür dünyada sevdiğiyle beraberdir."

Orada bulunan peygamber dostlarından biri, sonradan şöyle der:

"Bu sözü duyduğumuz an, hayatımızın en mutlu anıydı. Çünkü hepimiz peygamberi çok seviyorduk."

İşte yavrum, sevgi, kalpler arasında karşı konulamaz bir mıknatıstır ve onun birleştirdiğini hiçbir şey ayıramaz. Ölüm bile.

Allah'a ısmarladık, minik bebeğim, kendine çok iyi bak ve gülümse. Çünkü sen bu mektubu okurken, ben senin yanı başında, sana bakıp gülümsüyor olacağım. Ve bir babanın gülümsemesi karşılıksız bırakılmamalı.

65

Ve sevgili dostum Mathias... Tekrar beraberiz.

Bir şey fark ettin mi, dostum, bilmiyorum. Sana yazdığım mektup, Sufilere, peygamberlere ve Tanrı'ya yazdığım mektupların toplamından da uzun. Neden dersin acaba? Birazdan bunun nedenini söyleyeceğim, ama şimdi, bu mektubun sonlarına gelmişken, şunları söylemek istiyorum.

Senin bu yolculuğa çıkarken taşıdığın niyet, benim seneler önce kendi yolculuğuma çıkarken taşıdığım niyetle aynı olduğu için, sana bir sır vermek istiyorum. Tanrı'ya bu dünyada kavuşma hedefimizde, önümüzdeki tek engel olan benliğimizin en büyük hilesini söyleyeceğim sana.

Ona karşı en güçlü silah belli. Sevgi. Ama bazen düşman savaşta hile yapar. İşte, benliğimizin en büyük hilesi, bizi var olduğuna inandırmaktır. Çöl üstünde parıldayan bir serap gibidir benliğimiz. Serap bir yanılsamadır sadece. Hakikatte ise, karşımızda çölden başka bir şey yoktur.

Yolun açık olsun, sevgili dostum, umarım aradığını, içindeki sonsuzluğu, ışığı, sevgiyi, karşında ve baktığın her yerde bulursun.

Ama şunu da kabul etmeliyim ki, özüne giden yolculuğun bu zamanda zorlukları vardır, bu bir gerçek. Başka bir dünyada yaşıyoruz artık. Benlik duygusunun doruklara çıktığı, aklın kalbe, görünenin görünmeyene, dış dünyanın iç dünyaya, damlaların okyanusa tercih edildiği bir dünya bu. Bütün bunlar doğru, ama aynı olan şeyler de var.

Eskisi gibi hâlâ kalbimiz var, eskisi gibi Tanrı hâlâ burada ve bu dünya hâlâ O'nu ve kendimizi tanımamız için dönüyor. Ve yeryüzünde Tanrı'yı bilen, O'nu bulan kalpler olduğu sürece de dönmeye devam edecek. O kalplerden biri neden bizimkisi olmasın ki?

Hayatımda iyice ümitsizliğe kapıldığım bir dönem olmuştu. Çok kitap okuduğum bir dönemdi. Tasavvuf kitapları. Okuduklarım kalbimi etkiliyordu, Mevlânâ, Şems, Yunus ve diğer büyük Sufiler... Ama çoğu yedi yüz, sekiz yüz yıl önce yaşamışlardı. Bildiğim en yakını 300-350 yıl önce.

Onların eserleriyle -ama en önemlisi yaşam öyküleriyle- içimde iyice alevlenen aşk arzusu zamanla azalmaya, sönmeye başlamıştı. Çünkü yardıma ihtiyacım vardı. Onlar gibi olamıyordum. Ve bunu başaramayınca, hayal kırıklığına uğruyordum. Her gün. Her gün okuduklarımı yaşamaya çalışıyor, ama her gün mağlup oluyordum. Onların sözleri, hasta kalbim için aldığım bir hap gibiydi. Hapı yutuyordum ve kendimi iyi hissediyordum. Ama hapın etkisi kısa bir süre sonra geçiyordu. Onlardan aldığım aşk ilhamları, aşk kokuları ilk benlik rüzgârıyla uçup gidiyor, kayboluyordu.

Sonra şöyle demeye başladım kendi kendime. Kalbimi etkileyen bu büyük Sufilerin hepsi asırlar önce yaşamışlar. Belki de böyle bir aşk sadece geçmiş yüzyıllara ait bir şey ve bu zamanda yaşanabilmesine imkân yok. Onlar, farklı bir devirde yaşamış, çok özel, çok farklı kişilerdi. Ama zaman değişti ve artık bu devirde ne onların bulduğunu bulmak mümkün ne de öyle büyük Sufileri.

Böyle düşünmeye, böyle inanmaya başlamıştım. Bir taraftan, Tanrı'yı tanımanın, içimizdeki o sonsuz aşka kavuşmanın sadece belirli devirlere ait olamayacağını biliyordum. İnsan kalbi bu devirde de içinde sonsuzluğu barındırıyordu sonuçta. Ama diğer taraftan da, dediğim gibi, yaşadığımız yüzyılda büyük Sufiler göremiyordum.

İşte böyle düşünürken, bir kitapçının raflarında bir kitaba denk geldim. İsmi anında çarptı beni. *Yirminci Yüzyılda Bir Sufi Veli.* Hemen yazarına baktım. Martin Lings. Ünlü İngiliz edebiyatçı. Daha önce birkaç kitabını okumuştum ve çok saygı duyduğum bir edebiyatçıydı. Kitabı elime aldım ve hemen arka kapağını okudum. Kitabın ismiyle Martin Lings'in ilgisini anlamaya çalışıyordum. Arka kapağı okuyunca kalbim küt küt atmaya başladı.

Yirminci yüzyılda yaşayan büyük bir Sufiden, Ahmed el-Alevî'den bahsediyordu. İsmini daha önce duymamıştım. Ama kitapta şöyle yazıyordu: "Allah, Darkavi'den sonra onu halef kıldı."

Darkavi ismini iyi biliyordum. Birkaç yüzyıl önce yaşamış Faslı büyük Sufi. *Bir Mürşidin Mektupları* isimli kitabını okumuştum. Kalbimdeki aşkı alevlendiren her Sufiye olduğu gibi, ona da derin bir saygı ve sevgi duymuştum. Ve Martin Lings'in bu kitabının, Darkavi'den sonra gelen ve en önemlisi, benim yaşadığım yüzyılda yaşayan büyük bir Sufinin biyografisi olduğunu anladım.

Bu kitabı gördüğümde, ne yazık ki yüzyılın sonuydu ve büyük Sufi Ahmed el-Alevî -Allah onun ve bütün Allah dostlarının sırrını kutsasın- 1934 yılında bu dünyadan ayrılmıştı. Sonradan o kitabı okudum ve kalbimi derinden etkilendi. Hatta bu büyük Sufinin hayatı Martin Lings'i o denli etkilemiş ki, onun hayatını araştırırken müslüman olmuş.

Demek istediğim şu ki Mathias, büyük Sufiler benim yüzyılımda da yaşamışlar, senin yüzyılında da yaşıyorlar, bizden sonraki yüzyıllarda da yaşayacaklar. Çünkü Sufiler, içlerindeki hakikate eren, Allah'ı, daha öbür dünyaya gitmeden, bu dünyada bulan ve dolayısıyla hayatı Aşk ile yaşayan insanlar. Onun için, sevgili dostum, bu dünyada Tanrı, sevgi, aşk olduğu sürece, Sufiler de olacak.

Ve sadece onları sevmek bile büyük bir hazine, büyük bir müjde çünkü Mevlânâ şöyle diyor:

"Neyi çok seviyorsan, neyin üstüne titriyorsan, bil ki, sen osun."

66

Eveeet, sevgili dostum, mektubumun son bölümüne geldik.

Sana yazdığım mektubun, neden Sufilere, peygamberlere ve Allah'a yazdığım mektupların toplamından bile daha uzun olduğuna gelince... Çünkü hepsi senin içinde, Mathias. Senin içinde bir Mevlânâ var, bir Şems, bir Yunus, bir Musa, bir İsa, bir Muhammed var. Ve tabii, en yüce dost Allah...

Sadece senin değil, her birimizin içinde. Farkında olalım, olmayalım, aynı yerden geliyoruz ve her birimiz içimizde tüm insanlığı, tüm varlığı barındırıyoruz aslında. Yeter ki biz, içimizdeki Mevlânâ'ları, Şems'leri, Yunus'ları açığa çıkaralım. Açığa çıkardığımız, ister ismini kimsenin bilmediği bir anneanne olsun, ister bir Sufi, ister bir peygamber, isterse de Tanrı, hepsi aynı çizgi üstünde. Açığa çıkan şey aynı. Belki yoğunluğu, gücü farklı. Ama hepsi sevgi.

Evet, dostum, böylece bu mektup, bu kitap burada bitiyor. Yazmam dört ay sürdü. Aslında geceli gündüzlü yazdığım için daha kısa sürede bitirecektim, ama ara vermek zorunda kaldım. Sebebini tahmin edebilirsin. Bedenim izin vermedi. Şimdi nasıl mıyım? Orası pek önemli değil. Kitabı tamamlayabildim ya, gerisi teferruat.

İşte, dostum, gecikmenin tek sebebi bu, kalbim mektuba devam etse de, bedenim devam edemedi. Sana kitabın ortasında bunları söylemek istemedim. Hikâye bölünsün istemedim. Çünkü aslolan hikâyedir, biz değil. Aslolan, bu dünyaya gelen istisnasız herkesin yazdığı o kitaptır. Yaşadığımız her gün bir sayfa. Yazmama şansımız olmayan o kitap. Ön kapak doğum. Arka kapak ölüm. Ya iki kapak arası?

Çok şükür, şu son günlerimde, o görünmez kitabı önüme koyup baktığımda, okuduğumda, bir daha okumak isteyeceğim bir kitap olduğunu düşünüyorum. Her sayfası içime siniyor. Bazı sayfalar bulutlu, hatta sisli olsa da, her sayfa kitaba bir şey katıyor. "Bu kitap iyi ki böyle yazılmış," diyebiliyorum en azından. En önemlisi, hikâyenin sonuna geldiğim şu günlerde, daha şimdiden, güzel bir kitap bitince okurun yüzünde beliren o tatlı gülümseme var yüzümde.

Ama şunu da itiraf etmem gerekiyor sanırım. Hayat kitabımın en güzel sayfaları, sana hiç anlatmadığım sayfalardı. Yaşadığım en güzel hikâye, hiç yazmadığımdı. Ama eğer yazdığım kısmından tat aldıysan, bu hikâye kalbine dokunduysa, o hâlde yazmadığım hikâyeyi de bulup yaşamak sana düşüyor.

Allah'a ısmarladık, sevgili dostum. Kendine iyi bak ve kendin gibi olmaya devam et.

Kitap bittiğine göre, şimdi ben ne mi yapacağım? Tahmin edersin sanırım.

Birazdan kontrole gelecek hemşireden bir kapuçino isteyeceğim. Ve zor da olsa, yatağımdan doğrulup onu büyük bir keyifle içeceğim. Hastanede, tadı kapuçinodan başka her şeye benzeyen, poşette satılan o hazır kapuçinolardan varmış sadece. Ama olsun, hiç sorun değil. Çünkü onu yalnız değil, Dostumla birlikte içeceğim.

İnsan daha başka ne isteyebilir ki?